智启心灵，慧沐生命。

人生智慧丛书，带你走进温暖和澄静。

人生智慧丛书

眺望十年后的

自己

顾　问：金　波

策　划：赵晓龙　杨　才　郝建国

主　编：王爱玲

副主编：焦文旗　张冬青

编　委：赵晓龙　王爱玲　迟崇起　焦文旗

　　　　张冬青　李亚茹　郝建东　符向阳

河北出版传媒集团

河北教育出版社

图书在版编目（CIP）数据

眺望十年后的自己 / 王爱玲主编. -- 石家庄 ：河北教育出版社，2016.3
　（人生智慧丛书）
　ISBN 978-7-5545-2325-4

　Ⅰ．①眺… Ⅱ．①王… Ⅲ．①散文集－中国－当代 Ⅳ．①I267

中国版本图书馆CIP数据核字（2016）第051622号

书　　名　**眺望十年后的自己**
主　　编　王爱玲
责任编辑　张翠改　汪雅瑛
装帧设计　于　越
出版发行　河北出版传媒集团
　　　　　河北教育出版社 http://www.hbep.com
　　　　　（石家庄市联盟路705号，050061）
印　　制　河北新华第二印刷有限责任公司
开　　本　880mm×1250mm　1/32
印　　张　8.75
字　　数　187千字
版　　次　2016年3月第1版
印　　次　2016年3月第1次印刷
书　　号　ISBN 978-7-5545-2325-4
定　　价　20.00元

阅读散文的趣味 | 金波

——《人生智慧丛书》序

我希望更多的人有阅读散文的趣味。

散文作为一种文学样式，在和其他文学样式的对比中，彰显着它鲜明的特点。特别是把散文和诗加以对比，散文的特点就更加突出了。例如，有这样一些比喻：

> 诗是跳舞，散文是走步；
>
> 诗是饮酒，散文是喝水；
>
> 诗是唱歌，散文是说话；
>
> 诗是独白，散文是交谈；
>
> 诗是窗子，散文是房门。

这些比喻，从对比中呈现着散文的特征。散文贴近现实生活，所表现的更为具体真实；散文关注的生活很广阔，但表现手法灵活多样；散文可以和各种文学样式相融合，但不会丢失它的本色，同时它又吸纳各种文学样式的特征，形成了散文从题材到技法的丰富性。

有人说，散文是一切文学样式的根。我赞成这一看法。因为你无论是写小说、写戏剧、写文艺批评，甚至写哲学、历史著作，都离不开散文。凡是从事写作的人，都得有写作散文的基本功。所以有人又说，写好散文，才能获得作家的"身份证"。

写散文是进入文学殿堂必经的门，读散文也是进入文学殿堂必经的门。读散文的趣味很重要。散文可以抒情，可以叙事，可以议论，可以写景，可以状物，各体兼备，风格多样。

我们提倡"自觉的阅读"，不妨从阅读散文开始。喜欢阅读散文的人，会静下心来，会养成慢阅读的好习惯。散文是可以品读的，因为散文最易于形成多样风格，让我们增添一些不同的品味和审美的趣味。

基于此，这套丛书对入选的散文进行了深入的梳理、开掘，以全新的视角，发掘出了独特的价值体系。遴选了十个具有温暖、善美、纯真、禅意特质的主题，用文字和图画来传递人性的真善美，倡导仁爱和谐，表达对生命的探索与诉求。这套"人生智慧丛书"，共十册，包括《跟随内心的声音》《让未来转身》《给心窗点一盏灯》《不忘初心》《别把春天藏在心底》《眺望十年后的自己》《与天真签约》《愿做山间一泓水》《漫画人生》《手绘青春》。

收入本丛书的，都是一些短小的散文，可归属于文学性较强、艺术风格较为鲜明的"美文"。有的朴素简明，有的干净利落，有的妙趣横生，有的深邃启思。我设想有很多的读者（他们可以是从九十九岁到九岁的老少读者），在一个安静的时刻阅读这一篇篇令人安静的散文，用真诚的心态阅读这一篇篇真诚的散文，用享受语言之美的感觉阅读这一篇篇纯美的散文。我们默默地读着，却能在灵府的深处，隐隐地听见语言的韵律，入耳入心，贮之胸臆，久久享用。

阅读散文的趣味一定是隽永的。

二〇一六年新春，于北京

目录

枕上流年

梦里白驹

指间锦瑟

镜中掠影

枕上流年

　　流年不若飞鸿，点滴到心头。月半明时，灯半昏时，枕上梦中尽是当年人与事。

　　岁月是一把无情的刀，人生是一次难忘的旅行。时光如风，悠悠流转；时光如蝶，纷飞轻缓。人生苦短，酸甜苦辣尝遍，凭栏回首，纵有不舍，一切也会随风而逝。在岁月流转中，我们能做的便是脚踏四季风，眼观红花草，与旧时光一起慢慢变老……

一只孤独的大雁

恍然之间，我感觉自己宛若一只跌落在繁
华尘世里的孤雁。

◎矫友田

秋，越来越凉了。

一轮泛着红晕的落日，安静得像一幅油画。我走在那一片即将
被机械轰鸣湮没的湿地上，心中升起一种莫名的失落。

"咿啊、咿啊"，从远处忽然传来一阵久违的声音。我抬头望
去，一群结成"人"字形的大雁由北飞来。我惊喜地凝视着那些对
我来说可爱而又神秘的精灵。

此时，我不知道它们已经连续飞行了多么遥远的路程，也不知
道它们是否感到疲惫，正在准备寻找一个可以栖息的地方。然而，
当它们从我的头顶上空飞过的时候，并没有丝毫的停顿。它们毅然
朝远方飞去，去寻找一片能够躲避尘世喧嚣的角落。

我猜测不出来，当它们俯视身下这片曾经广阔的，而今已萎缩
成一个符号的湿地，是否会像我一样心中满是怅然和失落呢？刚才
的雁群早已消失，而我凝视着它们飞去的方向，眼睛不由自主地模
糊了，仿佛有一群大雁始终在我的视线里飞翔着。

只是一声雁鸣，就将我内心那些久远的思绪勾了起来。深秋的夜晚，田野里一片空旷，只有纤细的麦苗在肆意地泛滥着情思。夜风从土墙外面的玉米秸垛上拂过，轻摆的枯叶摇落了一地淡淡的月辉。攀在墙上的扁豆和丝瓜秧子，已经僵成了一只只静止不动的壁虎。

在这样的夜里，经常会有"咿啊、咿啊"的鸣叫声从老屋的上空穿过。

我就问正在灯影下埋头绣花的母亲："那是什么在叫呢？"

母亲便停下手中的活儿，将银针在发丝间轻轻地磨了几下，而后对我说："是大雁在叫，当它们飞过去，冬天也就来了。"

深秋的夜晚，没有了庄稼熟透的馨香，喧闹的虫鸣也悄然消失了。那一阵阵渐行渐远的雁鸣，则将整个夜空变得愈加深邃。

有几次，我赤着脚，兴奋地跑到院子里，希望从夜空里搜寻到那些神秘的精灵。然而，我什么也看不到，那"咿啊、咿啊"的鸣叫仿佛是从天边传来的，苍凉中透着一种执着，而后又一点一点地返回天边去。

那年深秋，我终于近距离看到了那些曾引发我一遍又一遍幻想的精灵。当时的大雁不是一只两只的，而是一大群，足有上百只。它们栖息在湿地水塘的一片开阔处。它们浮在水面上，一只只紧挨着，远远看去，就像一片落在水面上的铅灰色的芦花。

农闲下来的大人们，纷纷带着孩子们来看大雁。那些大雁好像也能觉察到人们的善意，除了保持着一定的距离，并不显得惊慌，一连在水塘里待了几天。人们便开始议论，以前也有大大小小的雁

群在湿地栖息过，但大都经过短暂的休整之后很快便启程上路，几乎没有超过两天的。

于是，大人们在岸上猜测，在雁群里面肯定有受伤的大雁。它们是在等待那只受伤的大雁身体恢复，然后一起启程。

又过了两天，那群大雁飞走了。在水塘的开阔处只剩下一只大雁，它就像一片枯叶，一动不动地浮在水面上。过了很长时间，它才会把垂在羽毛里的脖颈伸直，久久地凝视着同伴儿飞去的方向。那一刻，不知道它是在流泪还是在为远去的伙伴们祝福，抑或两者都有。

雁群飞走了，大人们也就将此事放下了，而我的心里则开始牵挂起那一只孤独的大雁。那些日子，我几乎每天都会背着大人跑到湿地去探望那只孤独的大雁。在我的记忆里，它好像始终都是以一种相同的姿势留守在那片水域里。我把随身带来的饼子揉成碎屑，使劲地抛向它。面对身边那些漂浮的食物碎屑，那只大雁竟无动于衷。

当那只孤独的大雁回到岸上时，它已经死了。它的一对翅膀伸展着，使劲儿撑着地，像是要努力地飞起来；它的脖颈则倔强地朝前方伸直，一侧的眼睛睁得大大的，在凝望着远方……

许多年以后，一声久违的雁鸣又令我想起了那只被我埋在湿地里的孤雁。我不知道还有谁会像我一样，因为几声雁鸣而热泪盈眶。

恍然之间，我感觉自己宛若一只跌落在繁华尘世里的孤雁。我在努力坚持着自己的固执，尽管距离梦想还是异常遥远，但我一直没有放弃凝望。

一只鸟飞过我的生命

多年以后，我依然会记起那只燕子，它就在我的生命中盘旋不去，可是对于它，我的生命中只有悔，没有春暖花开。

◎包利民

一

少年时爱养鸽子，那时住平房，房顶也是平的，便建了许多鸽巢，插了一面小红旗。有一只灰色信鸽是自己飞来的，它是一只雌鸽，与其他的鸽子一直格格不入。

它就一直孤零零地生活着，傍晚的时候也不随鸽群去天空中漫步。秋天的时候，我用笼子装了许多只鸽子，去十公里外的大河桥放飞，看哪一只能先飞回来，其中就包括灰鸽。可是一上午过去了，别的鸽子都早已飞回房顶，灰鸽依然没有回来。我站在房顶向远方的天空遥望，却是难见踪影，我猜想这只孤独的鸽子已经去别处了。

就在我快要绝望的时候，远天一只鸟影跳入视野，精神一振，待它近了，果然是灰鸽。它飞得摇摇晃晃，仿佛随时都会一头栽下。到了房顶时，它扑落下来，落在我怀里。我发现，它的一条腿被打断了。难以想象它是怎样飞过那么远的距离，因为它只能不停地飞，不能落下，落下便再也难以飞起。

有一天，黄昏时分，我在房顶喂食群鸽。我将鸽食一把把地撒在房顶空地，鸽子们纷纷前来抢食。只有灰鸽站在边缘，丝毫不动心的样子。我走向它，想给它撒上一把鸽食，手一扬，却用力过猛，一下子从房上跌落下来。坠落的过程中，我听见一阵摇动翅膀的声音，然后便重重地摔在地上，感觉身下压到了什么东西。

这次事件使我断了一条胳膊，灰鸽被压扁。有人说，灰鸽一定是为了抢食我撒落在半空中的鸽食才飞到我身下的。可我相信，它是为了用自己的小小身躯来接住掉落的我。只是以后再也见不到它的身影了，可它一直飞翔在我的梦里，快乐而无忧。

二

一只燕子总是飞在我的记忆里，翅上载满了我的悔恨。

小时候，檐下有许多燕巢，形状各异，燕子们每天都忙忙碌碌地飞来飞去。有一次便想到，燕子每年回来都能找到旧时的巢，很是不相信。于是便想法捉了一只在巢内的燕子，在它腿上系了一根小小的红布条作为标记，若是明年回来，便可认出它。

可是第二年，燕子们又在檐下飞舞，却没见到那只腿上有红布条的。原来它所在的巢里，只有一只燕子在。每一只燕子都那么相似，所以我更是怀疑它们记不得曾经的巢。只是后来听别人说，燕子的羽毛上有一层极薄的膜，所以在飞越大江大河时才不会因水汽侵染而变重坠落。如果燕子被人捉住，人手上的汗液便会将那层薄膜侵蚀破坏，它们就会于江河湖海上空跌落。

于是心底便涌起无边的悔意。那只曾在我掌心里的燕子可能被我害了，它可能已经葬身于水底，再也不能追逐着春天的步伐，再也不能在阳光下辛勤地忙碌。多年以后，我依然会记起那只燕子，它就在我的生命中盘旋不去，可是对于它，我的生命中只有悔，没有春暖花开。

三

儿时村庄的南边便是广阔的大草甸，一直到松花江边上。草甸里草极茂盛，河流纵横，鸟雀极多。那时我们便常去甸上玩耍，捡拾一些鸟蛋。

一个夏天的午后，我们又来到甸上，便发现了一只在阳光下五彩斑斓的野鸡。我们欢呼着追赶，野鸡飞得极快，很快便脱离了我们的视野。正失望的时候，却见它远远地又飞了回来，于是再度去追。野鸡并不飞走，只是在这一处盘旋。虽然我们累得要死，可是一想到它美丽的翎毛，若是拿上一根，便可在村里炫耀许久，就又充满了力量。

后来野鸡似乎也累了，便飞向远处，我们已无力追赶，便想在附近找一些别的收获。忽见它又飞回来，好像和刚才有什么不同；我们又追，它飞得很慢，随时都会跌落的样子，这让我们信心大增。它带着我们飞出很远后便飞得低起来，似乎要落在某处，待我们跑过去，它又腾空而起，远远地飞走了。低头看，一片带刺的草丛里，散落着许多根五彩的翎毛！我们欢然而上，每人抢了一根，便再不去寻找那只野鸡了。

忽然想起，那只野鸡刚才为什么会让我们觉得不同，因为它的翎毛少了许多。回到村里和大人们说起，他们告诉我，那附近一定还有一只雌野鸡在草丛里孵蛋，所以它才不飞走。

许多年以后，想起此事，忽然明白，那只野鸡见我们不走，便在一处带刺的草丛中落下，刮落了许多的翎毛，再将我们引到那里。得了翎毛的我们自然就不会再回到原来的地方了。

从此，我对鸟儿间的爱与情感开始尊重。

如果可以，我想抱抱曾经的自己

如果可以，我真想回到过去，抱抱每一个
阶段里从没懈怠过的自己。

突然滋生出一个很奇怪的念头：抱抱曾经的自己。

如果可以，我想回到七岁时的那个夏日。

我不想说天有多热，经常跟在我屁股后面蹦来跳去的虎子，它只是趴在地上不停地吐着舌头，任我怎么拉怎么扯就是赖皮般一动不动。

七岁的我拎着镰刀，跟着母亲去收麦子。母亲的胳膊一划拉，就揽住了四行麦子，一镰下去都放倒了，脚一挑就是一堆，割得很快。我只割两行，也只是一行一行、一小把一小把地割。

很快，我就被母亲远远地甩在了后面。想赶上母亲，心里一着急，手底下就出错了。

一镰下去，没割到麦子倒割破了自己的鞋面，还有脚背，疼得龇牙咧嘴。脱了鞋袜，一道血口子。我没有喊没有叫，就像母亲平常处理伤口那样，抓了一点儿土，在手里捻得绵绵的，而后撒在直流血的伤口上。看着母亲不直腰地割着，我将那只袜子塞进兜里，忍着疼继续往前赶，只是比刚进地时割得更慢了。

母亲性急，似乎她已经听到了"噼里啪啦"麦粒炸裂的声音，头也不回地催促着我"快点，手底下快点"。她打了个来回，到了我的跟前，见我绷着脸慢吞吞的，就踹了一脚，骂了句"没听见麦子都炸开了"，而后继续弯腰猛割。

母亲知道天很热，热得人直流汗，却不晓得汗水流到伤口的疼。

那天临近傍晚，母亲照例拉我到池塘边冲洗，我死活不下去，她才瞅见了我没穿袜子的那只脚，还有脚背上的伤。"没事，都结痂了，两天就好了。"母亲说时语气很轻松，就像受伤的是别人家的孩子。

她或许不知道，一个七岁的小孩子自己受伤了，很疼很想休息，却不忍心丢下母亲独自割麦子的矛盾心理吧！

如果可以，我想回到过去，抱抱那个小孩子。我的脸颊会轻轻地贴在她的小脸蛋上说："好样的，你真是个乖孩子。"

如果可以，我想回到十岁那年。

那时我上三年级，考试没考好，很伤心，老师表扬别的孩子就像在批评我。母亲从没问过我的成绩——农活儿多得她都没时间直起腰来，哪会关心这些闲事。可我却不敢直视母亲的目光，似乎她什么都知道。

那时，如果没记错，应该是一块橡皮2分钱，一支铅笔5分钱，一个本子8分钱。家里是不会经常给我钱买文具的。或许贫穷出智慧吧，我想到了电池里的碳棒。

那时电池也是稀罕的东西，不是开玩笑，家里带电的就一手电筒，还舍不得经常用，怕费电。还是在亲戚家找到了一节废电池，砸开后取出碳棒，我便拥有了一支可以长久使用的"笔"。

学校的操场是我的练习本，碳棒是笔，反反复复地写，边写边背。起先，一些孩子像看怪物一样看着我：学习不好还显摆着学习。我才不在乎别人的目光，只知道自己该好好写，好好背，边写边背。背了，会了，继续写，就当练字吧。后来呀，就有人开始学我了，用瓦片，用木棒——谁在乎用啥呢，反正学习就是了。

就那样，脑子并不灵光的我渐渐地靠拢了优秀生。

如果可以，我想回到过去，抱抱那个小姑娘。我会在她耳边轻声告诉她：想自己的办法拉自己一把，谁都会像你一样走向优秀。

如果可以，我想回到十四岁那年。

那时我已经上初中二年级了，也养成了写日记的习惯，作文写得挺不错。只是，我不是一个长得清爽且伶牙俐齿讨人喜欢的孩子，或者说，总是绷着原本很黑的脸，很少露出笑容。

那一年的语文老师很是奇怪，每次讲评作文都会说一句"这次作文写得好的有某某、某某等"，而后将点到名的学生的作文当范文读，最后总说一句"时间有限，其他的就不读了"。我从来没被点名表扬过，作文自然也没被读过。而翻开作文本，评语、分数往往还不差——我一直在"等"里面，这让我欣慰又窝火。而在初一，我的作文总被前一任语文老师当范文的。

那一年，每次上作文课对我都是一场折磨，恨不得将头深深地埋进课桌斗里。而握起笔，又告诉自己要认认真真写出自己最好的作文。

还记得那年 3 月，全县举办了一次中学生作文比赛，我是全县唯一的一等奖获得者，也是我们学校唯一获奖的。颁奖回来，学校召开了一次师生大会，让我在大会上读自己的获奖作文。读着读着，我的声音哽咽了。下面的掌声响了起来，他们一定认为我是声情并茂。那一刻，我终于将自己从作文讲评课上的那个沉重的"等"里面解救了出来。

　　如果可以，我想回到过去，抱抱那个少女。我会揽着她的肩膀说：你真棒，陪自己走过了泥泞与黑暗。

　　如果可以，我想回到十八岁那年，抱抱那个在别人都已酣然入梦，她却依旧点着蜡烛勤奋学习的女孩儿，没有那股刻苦劲儿，她怎么会在"千军万马过独木桥"的高考中顺利跨进大学的校门？

　　回望走过的路，点点滴滴都是付出，都是努力。如果可以，我真想回到过去，抱抱每一个阶段里从没懈怠过的自己。感谢她们一路扶持，才让今天的我站在这里——至少没有让自己失望。

明天的热爱

那些路过的风景，时光无穷无尽地向后流过去，太容易怀旧的人，在时光里慢一拍地走着、爱着。

◎黎武静

　　我是一个难舍的人，对拥有的人和物，乃至回忆与时光，一概不舍。

　　物愈旧，情愈深。纠缠的时光一旦有了年头，便觉眷恋难舍。看着这物，便想起一切时光的痕迹，那年那月那时，那种种情状，何忍相弃，何忍离别？丢掉旧物，几乎成了一个不可能完成的任务。

　　新杂志翻过一遍就堆在那里，不想重温第二遍，却又舍不得丢掉。源源不断买来的新杂志和时光一起变老。在电脑里看过的电影一直存在那里不舍得删除，硬盘里的空间不管多大，总是旧的不去，新的再来，于是日渐丰满。记忆也是一样，太容易怀旧的人，无数过往拾拾拣拣都要留在怀中。

　　已经消失不见的老地方，在梦里反复出现。喝过的油茶味道，带着童年的清香至醇。游走在日新月异的城市里，想要重温一切旧时光里的温情，走一走童年踏过的弯弯曲曲的小石巷。那些石头被岁月磨得光滑无比，排列着动人的样子，不规则里有曲径通幽的悠悠情调，走过去，便能穿越岁月的迷雾，触碰青春的笛声。

舍不得，也无可奈何，时光终将成为回忆。太容易怀旧的人，亦可坐看时光的流淌，看万物都染了时光的颜色，愈见深情可喜。愈老，愈有滋味，即使只是一件小东西，因为有一个动人的故事，所以就有了与众不同的面目。外人看去，只觉平常。可只有自己明白，这物什后面藏着的曲折与欢喜，那些幽微热诚的心绪，千回百转的过往，像一部恢宏巨著，厚重得自然动人，没看过的人不会懂。

这部电影今天没爱上，明天就爱上啦，这本书今年没感觉，明年就想起来了。那些路过的风景，时光无穷无尽地向后流过去，太容易怀旧的人，在时光里慢一拍地走着、爱着。

白 衬 衫

白衬衫是洗尽铅华呈素姿，历久弥香。
尽管年华会老去，但白衬衫却是心底
的不老歌。

◎绿 萝

十几岁时读亦舒的小说，发现她笔下的年轻女孩儿，最美的打扮永远是简单的白衬衫或者白 T 恤，搭配卡其色长裤或者黑色大圆摆裙。那时候觉得惊讶：如此简单。

长大后才知道，朴素的从来都是昂贵的。

印象里，想不起来是在怎样的场景中，蓦然发现白衬衫的美。也许是在某个日光倾城的午后，一部古老电影的桥段里，又或者是在某个明媚的早晨，匆忙搭配衣服的瞬间。那种摄人心魄的美，是纯粹的。

无意中翻出高中时代的日记本，不由得惊叹曾经的自己还写过这般诗意的句子：喜欢你，也许不为什么，只是因为那天阳光很好，而你穿了一件我喜欢的白衬衫。

旧时光里，那个穿着白衬衫的少年，骑着单车呼啸而过。那些与回忆有关的字眼儿，悄然涌上心头。比如校园，比如青春，比如初恋，比如那个白衣飘飘的年代……

自此，女人就有了白衬衫情结。

记得电视剧《欲望都市》里，Kelly穿着男友的一件白衬衫，赤脚下楼寻找正在为她做早餐的男友。一份单面煎蛋（sunny-side），一杯黑咖啡，一件留有男人淡淡古龙香水味道的白衬衫，就足以叫一个女人终生难忘了吧。

白衬衫，是衣橱必备的衣品。它随和又从容，没有任何年龄歧视。穿上白衬衫，女人也能亦庄亦谐。只要身材不走样、腰间没有赘肉，白衬衫和牛仔裤是可以穿一辈子的完美组合。

就如《大众电影》里，一件款式简单的白衬衫，穿在年轻的波姬·小丝身上，妥帖而柔和。让我们不得不惊叹白衬衫的魔力，真可谓"淡极始知花更艳"。

许多人是在千帆看尽之后才发现白衬衫的好。

白衬衫也是真的好，可慵懒居家，也可大方纵横职场。质地可以是棉布、真丝，也可以是亚麻、雪纺，各有各的气质。

但白衬衫从来都是以简约大方而取胜，万万不可有明显的金属装饰——这烦琐的帮衬只会适得其反，一下子媚俗了。

白衬衫是洗尽铅华呈素姿，历久弥香。尽管年华会老去，但白衬衫却是心底的不老歌。

温暖岁月的白发

那白发是提早被岁月吻过的青丝。而那剪
去白发的纯情，却温暖了我的整个心灵。

◎杨　晔

午休，学生们去食堂吃饭。我在教室里闲坐，静静地看着后面的板报。不知何时，几名女生来到身后，她们喊喳地小声嘀咕，我没有理会。察觉到有人偶尔触碰我的后背，我回过头来，她们如水般的眼睛凝视着我，轻轻地告诉我有白头发了。

我早已接受了镜中的自己鬓间偶染白丝，我捋了一下头发，淡然地说："没关系，长着吧。"她们扑闪着葡萄般的眼睛："老师，长白发是累的还是我们气的？"

"不是，"我摇摇头，"我不会生你们的气，也没感觉过累！"我定睛看了看黑板上的粉笔字，故作轻松地微笑着说："是粉笔末儿落多了染的呗！"

"老师骗人呢！"她们咯咯笑起来，"把白头发拔去吧！"她们央求着。

我还真是不习惯别人碰自己的头发，"不用了。""老师，我拔头发不疼的，我常给我妈妈拔白头发。"我不再拒绝，继续看着板报。

我只是感觉自己被轻轻地碰了几下，她们递给我三根白头发。"还真是不疼呢，技术挺高！"我赞许道。

秋日暖阳透过窗户，照在后背上暖乎乎的，我们就在阳光下研究起这三根白发：一根全白了，如银丝般；一根黑白各半；最后一根最有意思，根部黑色，然后渐黄，末端是白色的。

最后有名女生提出要收留我的白发，我递给她，她居然如宝贝般小心翼翼地夹在了书里。

我清晰记得那天板报的内容："尊敬的老师，您付出的辛苦刻在我们的眼里，您挥洒的心血流在我们的心里，我们唯有以刻苦求学回报师恩！"

我还记住了那名女生的一句话："我常给我妈妈拔白头发！"

如果不是心灵的亲近，我们不会让他人触碰自己的发丝，我们也同样不会触碰他人的头发。

我感谢那缕被岁月吻过的头发让我感受了师生真情。

回到办公室，记忆的藤蔓延伸到了十年前，那时我不到三十。有一天学生突然惊异地喊道："老师，你有白头发了！"我很是生气，眉头锁紧用表情否认。为了证明没有说谎，他马上取来镜子，让我看得一清二楚。当确实看到几丝白发时，我一下子就落泪了，甚至哭出声来。我很是悲伤，上班才几年就长白头发了。

学生惊慌起来，急忙取来面巾纸。女生们边给我擦眼泪边说："老师，只有三根，别的地方真没有白头发了！"有的学生把发现白头发的男生推到一边，暗暗责怪他多嘴。

我擦干眼泪，有些不好意思地笑了。孩子们如释重负，围着我说："老师，您很年轻的，头发很漂亮，很黑的！"

　　自那以后，直到他们毕业，不再有人提醒我长了白头发。偶尔有同学控制不住指着我的头发要说什么，马上就会被眼神或手势制止。我知道他们不想让我伤心。

　　可是每当我在教室聚精会神批作业或备课时，我都感觉到背后有人，而且偶尔碰我一下。其实我看见了她们悄悄地拿着小剪刀来到我身后。我故作不知，心里却洋溢着感动，因为我的心灵感受到了她拿着精致的剪刀从我的发际划过。她们不想让我知道，可我怎能不察觉，我又怎能拂去她们的好意？

　　有人愿意悄悄地为你剪去白发，难道不是一种幸福吗？时光流转浸染青丝，沉淀的永远是真情。如今，我已坦然面对穿过黑发的白丝。

　　那白发是提早被岁月吻过的青丝。而那剪去白发的纯情，却温暖了我的整个心灵。

清　决

其实，诀别，有的时候是和自己的诀别，
与他人并无干系。

◎王虹莲

　　很少纠缠于缠绵不清的东西。

　　比如缠扯在一起的毛线。小时候母亲让我帮她理，我总是极讨厌，然后会用剪刀剪开，之后便招致痛骂。

　　项链很多时候会缠在一起，无法一一择开，多数时候弃之。如果是棉线的，就用剪刀——我没有耐心一条条拆开。

　　清决的态度从小就有。

　　和弟弟打架，他总念叨三四天，还告诉父母。于是打得更狠，直到他沉默。

　　绝非不眷恋，而是想给自己留下更清凉的心。

　　她说，我不愿意看到他的电话，不愿意看到他拍的电影，我愿意此生不再与此人相遇。

　　谁比谁清醒吗？不，是谁比谁更清决。

　　清决的内心，其实更为荒凉。有的时候，愿意更清凉地发呆。寂寞从来是一个人。

她愿意，他出现的时候像石光电闪，而消失的时候也以同样的形式。

油画一样的记忆，定格了就好。

窗外飘着苦楝树的味道。那是一种清决的树，独自眷恋。

自己的心思自己知道。其实，诀别，有的时候是和自己的诀别，与他人并无干系。因为爱情带给人的从来不是得到了什么，而是一生中最绵长的回味，或苦，或涩，或甜蜜。也许是，甲之蜜糖，乙之砒霜。

无论是什么，都得独自吞下去——说到底，爱情，还是一个人的事情。

泰戈尔一生的后悔

世界上最遥远的距离不是彼此相爱却不能
够在一起，而是明知道真爱无敌却装作毫
不在意。

◎鲁先圣

泰戈尔有一首著名的诗《世界上最远的距离》，发表之后引起
巨大轰动，成为世界文学史上最经典的爱情诗作。全诗是这样的：

世界上最遥远的距离，不是生与死的距离，
而是我站在你面前，你不知道我爱你。
世界上最遥远的距离，不是我站在你面前，你不知道我爱你，
而是爱到痴迷却不能说我爱你。
世界上最遥远的距离，不是我不能说我爱你，
而是想你痛彻心扉却只能深埋心底。
世界上最遥远的距离，不是我不能说我想你，
而是彼此相爱却不能够在一起。
世界上最遥远的距离，不是彼此相爱却不能够在一起，
而是明知道真爱无敌却装作毫不在意。

可是，在泰戈尔健在的时候，他却从来不谈这首诗。即使是这首诗发表之后引起了巨大的反响，很多人想请他谈谈这首诗的创作背景，他也从来不谈。

后来，有一次泰戈尔患了重病，躺在病床上，泰戈尔痛不欲生才向人们谈起来：原来，这首诗隐藏着诗人一生最大的遗憾和最深重的痛苦，诉说着诗人一生最后悔的一段隐情。

此后不久，泰戈尔发表了一篇著名的散文，名为《美丽的邻居》，详尽地描述了自己当时的情感历程。文中写到他爱上一个美丽的寡妇，是他的邻居。同时，他的好友纳宾也爱上了她，泰戈尔不知道纳宾爱上的就是他的邻居，只听说纳宾爱上了一个寡妇。泰戈尔鼓励纳宾去追求寡妇，并以纳宾的名义写了一首诗，帮纳宾赢得寡妇的芳心。而纳宾却不知道泰戈尔也爱上了寡妇。最终，泰戈尔知道后后悔不已，但是碍于友情又不能说破，留下一生的遗憾。

《世界上最遥远的距离》这首诗如此动情美丽，哪个女子不会动情？就是这首诗感动了美丽的寡妇，让寡妇超越了世俗的藩篱，重新步入婚姻的殿堂，成为纳宾的妻子。

更为残酷的是，当时印度的社会风俗和法律是不允许寡妇改嫁的，纳宾为此非常痛苦。泰戈尔为了帮助纳宾，利用自己的影响力，在媒体上撰文痛陈不允许寡妇改嫁的陈规陋习，说服法院改变了这条不合理的条文，允许寡妇改嫁。在他的呼吁下，不仅法院撤销了条文，社会风俗和舆论也为之一变，使寡妇改嫁成为当时印度社会的一种时尚，一种风气。

当一切真相大白，眼看着自己心底钟爱的女子成为朋友的妻子，而这一切都是自己导演的结局，泰戈尔悔青了肠子。但是，一切都晚了。

　　泰戈尔后来避谈这段情感故事，显然是不愿意触及自己的伤感与遗憾。但是，人类社会却因此有了两个名篇：诗作《世界上最遥远的距离》和散文《美丽的邻居》。

红 花 草

红花草是平常的。或许你觉得她并不美。
但她从不自卑，春天到来，她一样会倔强地
举起那星光般的小花，装扮大自然的春色。

◎漠 北

红花草是一种草。她生长在水田里，开着紫红色的小花，为早稻做肥料。在家乡的田野里，她是极其平常的，但我却对她情有独钟。

小时候，春暖花开时节，母亲去挖野菜，我总爱跟在后面。田野里是一大片一大片的红花草，郁郁葱葱，仿佛一床床又厚又大的花棉被覆盖在一丘丘的稻田里。这时候我就会挣脱母亲，展开双臂，尽情地在田野里来回奔跑、呼喊。累了就躺在厚厚的"地毯"上，仰望天空，看白云在蓝天上飘荡，看小鸟在天空中飞翔，实在是惬意极了！

今年春天又是红花草盛开的时候，我抽时间回了趟老家。下了车走在乡间的小路上，久在北方打工的我，此时远离了繁华的都市、拥挤的人群，摆脱了工作的压力、复杂的应酬，心情无比舒畅。我渐渐被眼前的景色迷住了，好一派纯美的田园风光：金黄色的油菜花，绿油油的麦苗，更有那地毯似的红花草。我不由地慢慢停住了脚步，蹲下来仔细地看着那细小茂密而又极其平常的红花草，任思绪在田野里飞翔。

红花草是平常的。你看她那瘦弱矮小的身躯，无论如何你都无法想象她是如何承受肆虐的秋风，抵御残酷的寒冬才迎来灿烂的春天的。当百花齐放的时候，她也以自己独特的方式展示自己的美丽：将一朵朵紫红色的小花高高地举起，再举起，成为春天一道靓丽的风景。

红花草是平常的。她没有牡丹花的雍容华贵，也不像玫瑰花那样鲜艳夺目；不能与黄菊争宠夺爱，也不如荷花那样高风亮节。或许你觉得她并不美。但她从不自卑，春天到来，她一样会倔强地举起那星光般的小花，装扮大自然的春色。

红花草是平常的。她不能入名流之列，更难登大雅之堂。文人墨客面对春天会对许多鲜花诗兴大发、长篇大作，而独对开着紫红色小花的红花草不屑一顾。在古今诗词长河里很难找到对她的赞美之词，就是农夫也只是面对金黄色的稻谷笑逐颜开，心花怒放，却没有去细想为稻谷献身的红花草。但是她并不在意，只是默默地生长，默默地奉献着自己的生命。

红花草是平常的。在春天江南乡村的田野里随处可见，沟渠边，一丛丛，一簇簇；田野里，一丘丘，一片片，密密地生长着，盛开着小花，只有三四十厘米高，星光点点。每年的这个时候，当万物正在尽情地享受着大自然美好春光时，她却能不贪恋春色，义无反顾地扎进泥土里，似凤凰涅槃，化作春泥，成为肥料，助水稻生长。

红花草是平常的。我知道她还有一个美丽的名字叫紫云英，市场上的紫云英蜂蜜就是蜜蜂采集小红花酿造而成的。曾经每当夜深人静、坐在电脑前工作困乏的时候，我就会冲上一小杯紫云英蜂蜜水，轻吸入口的一瞬间就会感觉到这种甜蜜是那样的甘醇，*丝丝绵绵*。它来自遥远的乡村里那盛开的红花草，它让我想起母亲拿着紫云英蜂蜜送我出村口的情景。

"娘，红花草，我要红花草。"一个稚嫩的声音传到我耳边，将我的思绪拉回到眼前：一个三四岁的小女孩儿正挣脱她母亲的手，蹲在离我不远处，用她那胖乎乎的小手摘了一朵小花，举过头，咯咯地冲着她母亲笑着。

我忙起身，冲她们微微一笑，向家里奔去。

回到家里，一脚跨进门。"娘！"我动情地呼唤着母亲。此时，她老人家正佝偻着腰在屋内收拾着桌椅，听到我的声音，她怔了怔，缓缓地回过头来。我忙迎了过去，伸出双手，"娘，我回来了！"母亲紧紧握着我的双手，浑浊的双眼仔细地端详着高大强壮的我。母亲明显苍老多了：花白的头发，瘦小的身躯，苍老的面容。我的鼻子酸酸的。"回来了就好！回来了就好！"母亲微笑着轻轻抖动我的双手，喃喃地说道。我趁机抽出右手，从内衣口袋里掏出一沓钱递给母亲，却被她用力挡住了。"我不要钱，看到你好好地回来，我就高兴了。"母亲舒心地笑着，眼角分明有一点点泪光在闪动。我的泪水禁不住夺眶而出，晶莹的泪光中，我发现母亲是那样高大，那样让我震撼，我的心在默默地念叨着：

红花绿叶映春晖，
生吐芬芳死作肥。
愿将青春献泥土，
生命换来稻香飞。

四季的风

我还是喜欢听四季的风在我头顶慢悠悠流
转，像听一个老朋友在静夜里悠悠和你说
着知心话……

◎叶春雷

　　春风吹皱了一池春水，春风吹开了孩子们的衣襟。孩子们在春
天的风中奔跑，头上是各式各样的纸风筝。天是阴的，河坡上，风
是大的，大的风中有草的香味，也有油菜花的香味。河水倒映着孩
子们奔跑的身影，孩子们欢笑的声音飞溅到河水中，河水收藏着孩
子们的欢乐。草坡把河水染绿了，油菜花又把河水染黄了。天是阴
的，显得有些阴沉。但风把孩子们的风筝托起来了，风筝在风中轻
快地飞了起来。阴沉的空气变活泛了，风筝呼呼往上飞，孩子们的
欢乐呼呼从内心里往外蹿。那只黑翅膀的鹞鹰风筝飞得多高，孩子
们全都仰起了脖子，两只鹰眼在风中滴溜溜乱转。那是活的鹰呢！
风让一张纸活了过来，风一吹，一张纸就有了生命。鹞鹰越飞越高，
飞成一个小墨点，孩子们恨不得随着鹞鹰飞去。风把孩子们的心吹
高了，也吹远了。孩子们小小的心被风吹到了天上，贴着天边了。
　　夏风呼呼地吹来，夏风里包着火。孩子们在夏风里脱光了身子，

钻到水里去了，采莲，拔藕肠子，游泳，把荷叶折成帽子戴在头上。夏天的太阳是毒的，但夏天的水是清的，也是凉的。孩子们在夏天变成了鱼，在水里摇头摆尾，连拴在杨树上的老黄牛，也禁不住水的诱惑钻进水里去了。我们看不到那只老黄牛了，只能看见两只弯弯的牛角，像枯树枝一样立在水上。

夏夜里，孩子们躺在竹床上乘凉。夏夜的风，那么清凉，从稻花上拂过来，从荷叶上拂过来，从奶奶的扇底拂过来。萤火虫四处明灭着，像一盏盏小灯笼。奶奶指给我看那又宽又亮的天河，还有河两岸的牛郎星和织女星那两个亮亮的光点。我听着葡萄树下纺织娘的唧唧声，在清凉的夜风中迷迷糊糊睡着了。

秋风吹红了柿子，吹黄了稻浪，也吹胀了地里的红薯。我们到山冈上起红薯。秋风中浮起苦艾浓浓的苦香。水中的菱角成熟了，我们划着小木盆到水里采菱。秋风吹动着洁白如米粒儿的菱角花，而秋水已经慢慢有了寒意。秋风把院子里的梧桐树叶吹落了，梧桐叶宽大如奶奶粗糙的手掌。我拖着一把竹椅，在院子里拾落叶，拾满一竹椅落叶就拖到厨房里倒进堆柴草的土仓里。干燥的梧桐叶变成了红红的火焰，我常常蹲在灶旁看那红红的像小狗吐出来的舌头一样的火焰。奶奶在灶上忙着我们的晚饭，我却在灶旁发着痴想：那土灶里一定蹲着一只顽皮的小狗，它不断从灶口吐出它红红的舌头来舔我的脸，而那条小狗的蓝尾巴一直翘到了天上。那是蓝色的炊烟，升起来又被秋风吹散，直到完全融入秋空的蓝。一群燕子在炊烟中穿来穿去，贴着乌亮的小瓦飞。而高空中，大雁不断变换队形，从村子上空飞过。大雁拍打着的翅膀，像绸布一样在秋风中抖动。孩子们在地上望着大雁大叫：

"雁，雁，写个字我看，明天请你吃早饭。"

大北风呼呼吹来了，大平原的冬天来了。北风吹硬了池塘里的水，池塘结冰了。冰凌从屋檐上垂下来，都要接着地了。平原的冬天比较无味，一家人围着火盆烤火，却是记忆中最温馨的部分。孩子们把荸荠放在火盆里烤着吃：荸荠的皮烤煳了，用小刀把皮削掉，荸荠肉还冒着热气，吃起来甜丝丝的，味道好极了。我们还把蚕豆放进柴火上炸了吃，满屋子都是蚕豆炸开的啪啪声，像春节里放鞭炮，特喜庆。火盆上架一个黑乎乎的铁制三脚架，架子上蹾一个陶罐，里面煮着大白菜、豆腐等。一家人围着火盆上的这个陶罐子吃晚饭，陶罐里冒出热腾腾的蒸气，一家人的脸都雾在这一片蒸气里，真有意思。大北风在屋外呜呜地响，屋子里却暖意融融，炖菜的香味让人永世难忘。

吃完晚饭，爸爸给我们讲古书。爸爸讲得最好的是《三国演义》，关云长过关斩将，赵子龙单骑救主，诸葛亮火烧赤壁，我们都听得津津有味。夜静了，火盆里明火已经没有了，柴火上已经覆盖了一层白白的柴灰。火盆里的炭火将熄灭，猫已经蜷缩在火盆边睡熟了，小肚子一起一伏，可爱极了。爸爸开始催我们上床睡觉，我们爬上床，听着屋外呼呼的大北风，很快就进入梦乡。

四季的风偷走了我的奶奶和爸爸，有一天它也会把我偷走。但我还是喜欢听四季的风在我头顶慢悠悠流转，像听一个老朋友在静夜里悠悠和你说着知心话……

从 前 慢

从前的旅途，不只为了抵达，每一时辰每一条路都存下美好记忆，留以咂摸。一如那时的情感，笔墨交心，信纸传情，清淡而绵长。

◎汪　亭

　　从前，日子慢。一次寒暄，坐半个上午；一声问候，得走几里路；一腔思念，山水重重。慢慢的日子里，你我不慌张，大家不急躁。

　　从前的早餐，一碗热气腾腾的米粥，就着小菜吃上个把钟头。从前的报刊少而薄，编辑们爱惜每一页纸张，读者连一个标点符号也不愿错过。从前的梦想十分单纯执拗，历经时光的打磨雕琢，依旧温暖心田。

　　犹记儿时去南京，从故乡西郊的山村出发，清晨起早翻山，上午赶到镇上坐车，下午才到西门渡口。上船后，次日晌午方可抵达。

　　一天一夜的行程，搁今天，半日就能到。因为那时日月慢，旅途长，沿路顺江的风景，一幕幕深深烙印心底。山路蜿蜒，丛林墨绿，风儿穿堂而过。破旧的客车，司机开得缓慢，车内寥寥无几人，大包小包的行李可放至客座上。大人三三两两聚坐一起，闲谈春种秋收，仿佛坐在自家庭院里，随和可亲。

坐一夜的轮船，吹一宿的江风，听一晚的汽笛声，这才是儿时去南京的初衷。不赶时间不着急，恨不得船行几日，看尽江岸片片朝霞点点渔火。

从前的汽车、轮船搭载的过客，他们攀谈欢笑，不拘泥、不提防，各自闲说家乡，畅聊俚俗；而现如今的飞机高铁上多的是睡客，一上来就闭眼睡觉，谨慎小心，受不得半点"风吹草动"。

从前的旅途，不只为了抵达，每一时辰每一条路都存下美好记忆，留以咂摸。一如那时的情感，笔墨交心，信纸传情，清淡而绵长。

高中时候，与友人通信三年，未见一面。他在县城，我在邻镇，也只隔一小时车程。可彼此从未前往对方的所在去看望，只需一封信，穿山越岭，温存友情。

一封信，两三页纸，贴上八角钱的邮票，跑到镇上，小心翼翼地塞进邮筒。而后剩下等待，十天也罢，半月也行，时光慢得使等待都变成美好。那时候，人人写信，写给发小、亲人，写给同学、笔友，写给朦胧的爱情……信如夏日蒲扇，似冬天暖壶，在年少的黑白相册里穿插一页彩色的书签，鲜活了寡淡的青春。就如同现在大家 QQ 聊天、刷微博、玩微信一样。只不过，那时光阴如蝶，纷飞轻缓；而当下岁月如梭，稍纵即逝。

从前慢，一切如常，各行其道。现在快，火车提速，信件快递。快时代，流水生活。饮食太快，来不及回味，增加了肠胃负担，不利于身体消化吸收；言行太快，来不及思索，旁人较难领会，不易于彼此交流传达。

　　生在快时代，你追我赶，丢三落四。还是从前好，从前慢，慢工出细活儿，慢中品人生。

乡愁漫漫

只要心系故乡，便会乡愁满满、乡愁慢慢、
乡愁漫漫。

◎张金刚

　　车到村口，我便下车。双脚踏上故乡的土地，身舒爽，心激动，步却缓。因为，我欲慢步丈量乡愁的距离，播撒乡愁的因子，感受乡愁的质地。故乡在靠近，乡愁也一点点放慢，熨帖、温暖，在心头慢慢释放、浸润。

　　老土路，石板街，不知载过几代乡亲，历过多少风雨，才轮到我辈踏过，慢步，漫步。儿时曾经欢快的脚步，如今已沉重，一步步将异乡的愁苦踩碎，换回快乐的自己扑进故乡的怀抱。看看路边的老屋、新芽，街头的老人、孩童，往事一幕幕在眼前闪现。慢下来，捡一枚石子，采一朵小花，摸一把野草，站在树荫下乘凉，坐在小河边休憩，到处都是故事，任乡愁慢慢泛滥。

　　那株老柿树，几十年似未长高分毫，也未衰老丁点儿，就那样默默地在山间开花、谢花，结果、落果，看旁边的小树慢慢拔高。树下，田里劳作的乡亲，不疾不缓，不紧不慢，似一个节奏耕作着时光。累了，便坐在地头吧嗒吧嗒抽支烟，一口口吐掉疲惫，发会儿呆、聊会儿天、闭会儿眼，悠然自得地等待庄稼在时令里慢慢成长、丰收。柿树伴着乡亲，乡亲依着土地，一年又一年。

乡间小路上，农人"晨兴理荒秽，带月荷锄归"，田园般的生活，在村里方可寻见。下地干活儿、干罢回家，脚步总是悠然。乡里乡亲，边走边聊，相互打趣，和睦融洽，就连拉着小车亦如在散步。与乡亲攀谈，语速总也快不起来。他们会翻出陈年往事讲上许久，年轻人却当作新闻听得津津有味。农闲时，乡亲们坐在墙根儿下棋、晒太阳，直到日头西斜；坐在庭院里纳凉、扯闲篇，直到月过中天；总有大把时间去慢慢浪费，慢慢享受。

村里，越原始的生活越触动情愫。那口老井依然山泉喷涌。快速放桶入井，慢慢提桶出井；一根扁担，两桶清泉，挑回家中。一路吱——吱——的声响，如一首老歌滋润心田。石碾、石磨仍在转动，碾谷、碾豆、碾玉米，磨面、磨糁、磨豆腐。一头毛驴被蒙上双眼，慢慢转圈；一位农妇手握笤帚，慢慢清扫，如一幅写意画淳朴亲切。那排土坯房，墙皮慢慢剥落，窗棂慢慢弯曲，虽无人居住，却触人心弦；似乎随时门会打开，主人进进出出，随时炊烟升起，飘出阵阵饭香。

放羊的老人，鞭子一挥，并无太大声响；羊群亦不理不顾，在山坡慢慢啃食，吃饱后移下山来。有时上路，挡住车辆行人，老人不管，路人不恼，只待羊群慢慢走过，留下点点羊粪、丝丝膻气。牛儿在河边慢慢吃草、喝水，久久也不挪动，或干脆卧入草丛，呆萌着双眼慢慢反刍，偶尔甩尾驱赶蚊蝇。鸡生蛋，长长地咯咯嗒，炫耀一番；鹅仰脖，高傲地嘎嘎嘎，方步慢行。一条黑狗，一只黄猫，守着老人慢熬岁月。家畜是村里一员，慢慢繁衍生息，与村人相伴日月。

　　与家人围坐，慢享一顿家宴，自是温馨、惬意、安闲。一锅南瓜粥，掺着蚕豆、玉米糁，炉上慢熬，味道才会喷香；猪骨鸡肉，用山泉水、山调料，小火慢炖，味道才会纯正。一盘泡菜，用家种的白菜、萝卜在坛中慢慢发酵，才会酸爽可口；几枚咸蛋，用地道的土鸡蛋在罐中慢慢腌制，才会蛋黄流油。剁肉、拌馅、和面，家人一起动手包饺子，包进浓浓的思念和亲情。美味在舌尖慢慢跳动，乡愁也便在舌尖慢慢品咂，融入血脉。临行，父亲打开尘封的酒坛，灌一瓶老酒让我带上，说想家了就喝上一杯，那是家的味道。

　　每回故乡，身心都会慢下来。一棵树，一块石，一口井，一颗星……我都会慢慢清点；一碗粥，一盘菜，一个馍，一杯酒……我都会慢慢品尝。回乡，慢慢卸下乡愁；离乡，慢慢装满乡愁；异乡，慢慢积淀乡愁。只要心系故乡，便会乡愁满满、乡愁慢慢、乡愁漫漫。

炉火边的温暖

烧火一定要空心，做人一定要忠心。烧火和
做人都是有讲究的，不能胡来。

◎王吴军

父亲已去世十六年了，但我却依然能感受到他留下的温暖。

在我少年时，每年冬天在天气寒冷之前，父亲就会带着铁锹和斧头等工具，到野外去刨伐木留下的树墩。我跟在父亲后面，一个一个往大篮子里捡。等我装满大篮子时，父亲已经是满头大汗了。于是，我拿着斧头，父亲用铁锹背了装满树墩的大篮子，父子俩一前一后朝家里走去。父亲说，夏入里的扇子冬天里的火，冬天天冷，一定要把炉火烧得旺旺的。

那时，家里的火炉是非常简单的，在屋子中间用几块土砖简单地垒一下便成了。一到冬天的寒冷日子里，父亲就把刨来的树墩在火炉中放好、点燃，红红的火光、噼噼啪啪的燃烧声和淡淡的草木香顿时就升起来了。火炉边煨着豆腐汤，红火灰里埋着红薯，火苗上架着一个茶壶，炉火旁边熏着黄亮亮的馍片。我和妹妹坐在火炉边，母亲在厨房里做饭，而父亲则在厨房和火炉之间来回忙碌着。

我在火炉边总是不安分，翻来覆去地拨弄着炉火，烟便在屋子里冉冉升起，飘满了整个屋子。父亲说："烧火一定要空心，做人一定要忠心。烧火和做人都是有讲究的，不能胡来。"

在温暖的火炉边，父亲会讲一些古代的故事给我听。父亲讲故事的时候，母亲不知不觉把饭做好了。父亲把饭桌放好、擦干净，往那个铁炉子里夹满火炭，放上一小锅热气腾腾的白菜粉条炖豆腐。

不一会儿，火炭上面的小锅里便咕嘟咕嘟地翻起了泡，香味弥漫，和着青烟、白气一起氤氲了整个屋子。父亲说："菜的味道有十分，热占三分味，咸占三分味，辣占三分味。"还有一分，父亲没有说，我也没有问，至今成了永远的谜。不过，我猜父亲没有说的那一分味，就是永恒的人间烟火味。

晚饭后，父亲喜欢泡上一杯茶，围着火炉给我和妹妹说关于书的知识，我家的炉火总是一直燃到深夜。在我的记忆里，父亲讲过《水浒传》《儒林外史》《三国演义》等许多古典名著。

如今，每当冬天寒气袭来，我便想起父亲和我在炉火边的那些温暖情节，父亲说过的话便萦绕耳畔，那种温暖如刚从火炉里拿出来的烤熟的红薯，滚烫、暖胃，令人难忘。

父亲离去了，可他留下的温暖仍然在我身边弥漫。

是的，父爱如同火焰照亮着我前行的路，那些和父亲围炉的日子是我一生中最该珍惜的时光，即使是白菜粉条炖豆腐这样普通的菜肴，因为蕴藏着浓浓亲情，也是人间至美之味，是人间最美烟火之味，刻骨铭心。

想起父亲，我不觉泪眼蒙眬。

父亲留下的温暖，是家的温暖和有家的幸福。

与旧时光一起慢慢老去

旧时光有旧时光的风韵，旧物件有旧物件
的风采。一朝消逝，空留下浅浅深深的惆怅，
秋风吹不散，吹也吹不散。

◎叶春雷

喜欢看黑白电影。

喜欢那种黑白的情调。淡淡的，怀旧的伤感；淡淡的，怀旧的
温情。是的，每一部黑白电影，都是一个古老的陶罐，里面装着清
澈的陈旧的时光，装着旧日的温情，永不过时的温情，永远让人怦
然心动的温情。就像费穆的那部《小城之春》，那种"发乎情，止
乎礼"的敦厚，把人性的光辉从黑白的影像中，一点点往外渗透，
像草莓一样多汁，多汁的甜美的人性。

喜欢去博物馆。

最喜欢史前时期的那些陶器，而不是玉器。玉器是贵族的，没
有平民百姓的生活气息。我曾经看到一组陶制的小动物，有鸡，有犬，
有牛，有羊，也有猪。那些曾经的野物已经被驯服，成为家畜。我
感兴趣的是这些小玩意儿透出的那种浓郁的炊烟气息，家的气息，
每一样都那么稚拙，又是那么天真。我想，这是先民烧制出来给孩

子们玩的玩具吧，这是中国最古老的玩具了。还有一件陶埙，那是最早的哨子吧。我想夏日黄昏时分，那些光屁股的孩子，嘴里吹着这样的陶土哨子，把牛羊从山上赶下来，把鸡赶到鸡笼里去。《诗经》里"鸡栖于埘，牛羊下来"的诗句中，一定就伴随着这样陶土的哨音，是孩子们吹奏的最原始的美丽音乐。

喜欢那些已经消逝或正在消逝的事物。

譬如蓑衣，譬如斗笠。唐朝诗人张志和词里提到的物件："青箬笠，绿蓑衣，斜风细雨不须归。"多么令人神往的境界。一次在街上，看到一位妇女戴着一个尖顶的斗笠，像越南妇女所戴的那样。还看到一位推着手推车沿街叫卖水果的小贩，心中突然就有了淡淡的感动。家乡的斗笠是平顶的，小时候站在雨中垂钓，我经常戴着。

譬如火柴，譬如煤油灯。乡下的夜晚是那样黑，因为一盏煤油灯的存在，屋子里有了活泼的生气。"一把谷子，撒满屋子。"这个朴实的谜语，谜底就是煤油灯的灯光。土墙上晃动的黑乎乎的人影，时大时小，变幻不定，给童年的想象添了一双翅膀。有时伴随着春雨轻柔的脚步，在小瓦上沙沙走动，那是多么让人怀念的旧时光。

譬如手帕，已经没有什么人使用手帕了。想起电影中那些民国的女子，喜欢着一袭素色或者花色的旗袍，腋下纽扣上别一方手帕，走动起来柳腰款摆，手帕随风摇曳，真是风情万种。旧时光有旧时光的风韵，旧物件有旧物件的风采。一朝消逝，空留下浅浅深深的惆怅，秋风吹不散，吹也吹不散。

喜欢回味自己那些曾经青葱的岁月。

读白居易的《琵琶行》，读到歌女自诉中的一句"夜深忽梦少年事"，真是感慨万千。有人说，一个人应该往前看，这样才有朝气。要老是沉湎往事，难免消极。但是，哪儿是前？未来的每一秒，一眨眼变成现在；现在的每一秒，一眨眼变成过去。哪儿有"前"？人被"后"包围着，人生活在"旧"中，人生活在时光的灰烬里。但是，拨开时光的灰烬，依然有那么多美好的情愫值得人好好收藏。心是一个抽屉，人生中的那些失意愤懑，最好早早从这个抽屉中倒掉，但那些美好的情愫，应该收藏在这个抽屉里，好好珍藏。有一天翻一本旧书，那是 20 世纪 90 年代买的，简·奥斯丁的《傲慢与偏见》，已经近二十年，书页都开始泛黄了。不经意翻出一张旧船票，票价四元，时间是 1994 年 3 月 11 日，临近大学毕业。那时与我现在的爱人正处在热恋中，我们是同一所大学的同学，这张船票，记载了我到她家玩后，一起乘船返回大学校园的经历。她家住在长江边，翻过大堤就是那个叫作"泥矶"的船码头。和恋人一起乘船的经历让我刻骨难忘。古语中说，能够在一起乘船共渡的夫妻，一定是可以担当患难的。我和妻子结婚十七年，其间的风风雨雨也经历了很多，但始终不离不弃。这古语真有道理。在恋爱的那两年中，我们不知一起乘船共渡过多少次，有晴天，有雨天；有白昼，有冬夜。我们曾经在冬夜下到轮船的底舱，在轰鸣的轮机房里依偎在一根发热的铁柱子上，一起熬过一个寒冷而漫长的冬夜。乘船共渡过的夫妻，真的可以生死相依、不离不弃的。

旧时光让人怀念，旧时光给人力量。旧时光的温情让我们拥有了前进的动力，旧时光不是个美人，还是个发动机。我愿在旧时光的美好中慢慢变老，我愿与旧时光一起老去。

我的光阴嫁给了一个影子

微醺中，我看着父亲的影子，父亲也在看
我的影子，我们一起望着岁月的影子。

◎朱成玉

这是诗人张枣的一句诗，前一句是"这是我钟情的第十个月"，后一句是"我咬一口自己摘来的鲜桃"。我直接迈过第十个月，也不嘴馋那个鲜桃，独独喜欢了这一句"我的光阴嫁给了一个影子"。它迎合了我此时此刻的心情，它找准了我心脏的位置，一击即中。

此时此刻，我正坐在老家的火炉边，一手端着茶杯，一手捧着多年前的一本文学期刊。连我自己都诧异，这样的场景有多久不曾出现。大概有二十年的光景了，二十年前，我作为一个狂热的诗歌爱好者，曾经在冬天里把桌子搬到火炉边，夜以继日地写诗，天塌下来都不顾。

我不知道，我是在重温那段场景，还是在重温那段心绪。

"我的光阴嫁给了一个影子"，就像炉子里最好烧的一块煤，闪着蓝色的光焰，它在这个时刻跳将出来，总是有它的寓意吧。这是我寻了大半生终于找到的话，也算是为我的文艺情结做一个了断吧。

它更像是一个怨妇的哀叹，大半生的光阴就此付诸东流，单单得到一个影子的答复。

　　或者，人生本就是一场虚幻的旅行吧。这一次，在时光的峡谷里，我破例倒着坐了一回过山车，去寻一寻年轻的影子——

　　年轻多好，脸上生满青春痘的年龄，心上也生满爱情的草。任何一次失恋，都会令你魂飞魄散好几万秒，然后继续毫发无损地成长，这就是青春。平凡而又紧张的日子像弥漫开来的璀璨烟花，朵朵都是眉宇间的小忧愁。丢失了一块小手帕，少女便惊慌失措，以为梦里的秘密，也随那块手帕一并泄露了出去；一个窥探被心仪的女孩儿捕获，少年的脸红得发烫，心也怦怦乱跳，却背过身去向着风讨饶："风，唯有你知道我的底细，求你，别说出去。"

　　那时候的天空很低很蓝，像一面无人敲的大锣，你猛劲儿地喊一嗓子，仿佛就可以将它震破。还有夜里的星星，永远年轻，永远纯真，连一岁都不会生长。

　　再往年轻追溯一点儿，就到了我女儿那个年龄，更是数不尽的欢娱无忧。她从未担心什么，未来还那么漫长，等得及她提着拖鞋穿着睡衣玩出许多美丽的泡沫，等得及她在去学校的路上哼着变了调的小曲，等得及她踮着脚尖使劲儿去够一枚闪闪发光的叶子，等得及她跟在一条穿着鞋子的小狗后面，学着它别扭地走路，等得及在老师没来之前迅速消灭一袋果冻，等得及对一辆红色单车的挂念，等得及对一把吉他的眷恋，等得及她去拆开一张张裹着甜丝丝的小秘密的纸条，等得及她郑重其事地对妈妈说"我可以恋爱了吗"……

　　她的快乐触手可及，如同熟透了的樱桃。那么多的"等得及"，就像货架上琳琅满目的商品，等着她随意地去挑选。

光阴啊，就这样如流水一般滔滔逝去，所以我们才把一张张撕掉的日历叫作流年吧。

我们就这样，一边慨叹着岁月的老去，一边迫不及待地想看看，光阴的树上到底结了什么样的果实。

我的树上结的果实是一颗爱着的心。

我幸福，因为一贫如洗中获得了爱情。拿出旧日的瓷碗，它们洁净如初，还有保存完好的粮食和爱恋，我对爱人说，住下吧，这样的好日子需要我们好好品尝。

我感念，因为两手空空时拥紧了友谊。即便到了曲终人散的时候，依然感谢上帝在旋律最好的时候让我们是在一起的。我对朋友说，记得和遗忘一样，是给彼此的最好馈赠。

我为好人祈祷，祈祷他们一生平安；我为从我身边路过的一条小狗祈祷，祈祷它的尾巴永远会因为欢乐而摇摆不停；我甚至在秋天的大风里祈祷，祈祷随风起伏的庄稼们幸福。

而现在，我最该为之祈祷的，是父亲和母亲。母亲忙乎了一个下午，终于弄好了一桌子的好饭菜。我的每一次回来，都是父亲和母亲的节日，他们恨不得将一生的积蓄都花在我的身上。

我不止一次地在眼前看到暮年的一个景象：那曾经年轻的媳妇，已成弯着背的老妇，穿着不再光鲜的灰色的衣服，在灰色的天空下，捡拾断落的枝条，准备着去生一炉温暖的火。

火焰旁，是她瘦小的影子，如果可以将那影子团起来，只有盈盈一握那般大小。

那不就是我的母亲吗？她所有的光阴都嫁给了这样一个影子，忙碌着、操劳一生的影子！

父亲唤我，要不要喝一盅？

我正有此意。我提议父亲把桌子搬到火炉边上来，父亲笑着说："你啊，这么多年一直都是那么喜欢炉火。"

是啊，正是借着这点温暖的影子，我才安全无恙地走过这大半生的啊！

微醺中，我看着父亲的影子，父亲也在看我的影子，我们一起望着岁月的影子。

回不去的故乡

这就是我永远无法回去的故乡。约会在继续，告别在继续。对她的记忆在消减，对她的感伤在增加；亲人在离开，灵魂又在无限地靠近。

◎赖广昌

我到杭州工作快满两个年头的一个周末的下午，突然写下一些诗句。当时，时令已是初秋，梅子山的鸟鸣渐渐稀疏了。午后的阳光从茂密的松针和香樟树叶间侧着身子斜照在鹅卵石的小道上，煞是温馨和宁静。整个梅子山好像是我一个人的，让你陡生茫然和虚无。还好，树林间稀疏的光照中偶尔落下的松针和黄叶，以及一两声鸟鸣，给这巨大的静中投下了涟漪，让自由的思想不由自主地又转回到童年，回到童年的焦虑和欢乐，转回到大岭背，回到人生的跌宕和起点。

余华在一本书的自序中写道："作者的自序通常是一次约会，在慢慢记忆里去确定那些转瞬即逝的地点，与曾经出现过的叙述约会，或者说与自己的过去约会。"何止是"作者的自序"呢？我以为作者的每一件创作都应该是一场庄重的约会，包括时间、空间、人物、事件。同时，又是一场肃穆的告别，对时光、事件和人物的告别。他的每一件作品，都是约会的记录，也是告别的告别词。是啊，人生不就是一次告别的旅行吗？从来到这个世界开始，人生就注定了一次次的约会和告别。因为一次次的约会和告别，自然成就了人类"内心的热爱和恐慌"。

　　我得承认，这二十几年来，我的诗歌写作的出发点和原动力，首先是生我养我的大岭背、那里的亲人和永远抹不掉的记忆。他们是我一次次约会的对象，有时因为记忆，有时因为告别，最后都在告别中消逝了。所以总会有一种刻骨的伤痛充满我的创作，写满我的人生旅程。"那黑暗中的风／它搬动了时间的秩序／把墙壁搬出了角度／甚至把草牵到了路的中央／把骨头搬上了远行的马车／消失得无影无踪。"2001年，我在这里把父亲送走，看着他在烈焰中一点一点消逝，然后一点一点小心翼翼地把尸骨捡拾好，安放好，这是怎样悲壮的生死离别啊。四年后，我又以同样的方式把母亲送走。十二年间，我的上一辈只剩年迈的小叔和小姑。老房子歪的歪，倒的倒，杂草丛生，物是人非，莺飞草长，满目疮痍，荒凉至极，每每见之让人心中隐隐作痛。正是这痛，这痛彻心扉的疼，让我永远在出发，永远负重，永远饱含泪水。所以我说到了《走马陂》，说到了《青青的李》，说到了《麻雀》，说到了《大岭背小学》，说到了《开往老家的公共汽车》。虽然大岭背永远无法从我生命中搬出，虽然每天凌晨老爸老妈的诵经声永远萦绕在耳边，永远那样质朴、圆润和低沉，虽然依旧记得这个村子在暮霭中慢慢睡去，在晨曦中悄然醒来的样子，但我已知，我灵魂的大岭背是永远回不去了。

生命是一道告别的减法。我这二十几年来的诗歌创作，断断续续写下的一百余首诗歌，无一不是心灵与生命的记忆的约会与告别。每写下一首有关故乡的诗歌，我都能感受一次故乡的温暖，温暖的记忆、脸庞、时光。这是心灵的约会，更是一次次痛苦的告别。每写下一首诗歌，就增加了一个生命的减数。

在一场持续的大雨中，老家的两间老房子坍塌了。一早听到老家来的电话，顿时无语，泪流满面，久久不能自己。那是我老爸老妈年轻时一手垒起来的房子啊，虽然是土坯瓦房，但那是我们姊妹七人出生长大的地方啊。爸妈离开我们后，老房子就空着；但每年春节和清明我都要回去，回到老屋走走看看摸摸，开开窗通通风，清除里面的蜘蛛网，彻彻底底地搞一次卫生；还要请来村里的年轻人一起把房前屋后的杂草清除掉，捡拾好房顶瓦面；然后在各个门框上点上香，总想找回从前的感觉，好像爸妈还像以前的样子，就在其中，就在眼前。而现在所面临的竟是一场痛彻心扉的告别。

生活在公元前的贺拉斯说："我们的财产，一件件被流逝的岁月抢走。"是啊，大岭背，我的一切皆由此而生发。二十几年来，被岁月抢得还剩下什么呢？

这就是我永远无法回去的故乡。约会在继续，告别在继续。对她的记忆在消减，对她的感伤在增加；亲人在离开，灵魂又在无限地靠近。所剩的，只有尽可能多地在心灵中与她约会了。穷尽余生为她祈祷，守候"我亲人的白骨／干草的味道／桃花的消息／艾香的阴影"。

欠你半袋苞谷面

顺着爷爷手指的方向，家人忽然明白了，
欠下的半袋苞谷面，成为老人一生未了的
心愿。

◎顾晓蕊

1945 年的深秋，一个十四五岁的少年背着竹篓，沿着崎岖的小路走进山林。父亲去世得早，家里有多病的母亲、年纪尚小的妹妹，因而，他孱弱的肩上早早地扛起生活的重担。他在山林里转来转去，想找些可以果腹的食物。

然而，正赶上饥荒年，丛林中可充饥的野菜、草根大都被村民们挖了去。在林子里转悠了半天，只采到很少的山野菜，他又累又饿，坐在一块大石头上歇息。

抬头向远处望去，薄雾笼罩的丛林中有一处山谷，当地人称空幽谷。据说四周危崖壁立，怪石嶙峋，且有凶猛的野兽出没，村里人都不敢进入那片山林。他脑子里突然冒出一个想法，那里或许能找到些吃的。

早上临出门时，妹妹拽住他的衣角哭，嘴里喃喃地说："哥哥，我饿。"她的头发乱蓬蓬的，身子瘦得像根细竹竿，走起路来直晃悠。

想到这里，他不由得鼻子一酸。最终，饥饿战胜了恐惧，他站起来，向山林深处走去。

少年拖着疲惫的身子走走歇歇，不知过了多久，他终于来到一片寂静的密林深处。

他边走边东张西望，用树枝胡乱地拨着草丛，忽见地上冒出来些蘑菇。少年心中大喜，忙走到跟前，弯下腰去采摘蘑菇。不料脚下一滑，他感到天旋地转，整个人向山坡下滚去。待回过神来时，身体已被一截树杈拦住。

只觉腿上一阵剧痛，他低头一看，血顺着裤腿淌出。少年咬牙忍着锥心的疼痛，脚步蹒跚地向上爬去，费了很大的劲儿才爬到坡上。

他倚在一棵树下，大口大口地喘着粗气。就在这时，不远处传来一声声嚎叫，那声音阴森诡异，听得人汗毛直竖。少年吓得面如土色，身体蜷作一团。

片刻后，更可怕的事情发生了。草丛里露出一双发着绿光的眼睛，凶狠的目光直直地盯着他，那是一匹毛发灰黑的野狼。少年眼中布满惊恐，想要逃跑，却浑身瘫软。

野狼猛地跃起向他扑来，他绝望地闭上了眼睛。在这危急时刻，只听"砰砰"两声枪响，待他再睁开眼时，只见狼应声倒下。回头看去，树后站着一位老猎人，手里端着一支猎枪，是他及时扣动了扳机。

这位头戴毡帽、须发花白的老人，一脸惊奇地问道："你这个男娃子，胆子也忒大了点，怎么跑到这荒谷里来了？"少年仍惊魂未定，浑身直打哆嗦，结结巴巴地讲了他的经历。

那老人手捻着胡须，若有所思地说："这会儿天色已晚，你的腿又受了伤，今晚就去我那里暂住一晚吧。"他感激地应道："我听您的话，就是给您添麻烦了。"老人肩上扛着猎物，搀着受伤的少年，来到一间破旧的木屋里。

老人给他的腿上涂了些草药后，便到灶前烧火做饭，一股浓香从锅里飘出来，袅袅的香气直钻入少年的鼻孔。过了一会儿，一大碗冒着热气的肉汤摆到面前，少年眼睛一亮，端起碗来吃得满嘴流香。老人一脸慈爱地看着他吃完，又铺好床，让他安然地睡下了。

第二天吃过早餐后，老人装了半袋苞谷面，还包了一大块狼肉，让少年带回家当作过冬的食物。随后，又亲自将少年护送出山谷。老人站在一处土坡上目送他离去，少年走出好远再回头看，老人如一尊身披霞光的雕像。

"儿啊！"母亲急急地迎上前说，"你昨晚去哪里了，娘担心得一宿没睡。"他讲了这一路的奇遇，母亲眼里闪着泪光说："你遇到了'活神仙'，咱们全家都要记得他的恩德！"

多亏了那些带回来的食物，少年与家人才能勉强糊口度日，熬过那个异常寒冷的冬天。

两年后的一个秋日，在母亲的催促下，少年背着新磨的半袋苞谷面，又一次走进了山林。他凭着记忆一路摸索，来到老人的木屋前，只是人去屋空，老人已不知去向。

几十年一晃就过去了，当年的莽撞少年，成了满头白发的老者。他的儿子走进一座大城市，成为一名机关干部，并已在城里娶妻生子。这位老者就是我的爷爷，少年遇狼的故事，是我从父亲口中听来的。

那几年，逢上村里集资建桥、重修校舍，爷爷打来电话，父亲在电话这头诺诺应道。没过几天，一张载满爱意的汇款单寄往山村，父亲说钱不在多少，只是为了尽一份心意。

村里有人到城里看病或办事，经常会按爷爷给的地址找上门托父亲帮忙。父亲总是笑脸相迎，尽量抽出时间帮着张罗。我对此有些不解，父亲笑呵呵地说："都是乡里乡亲的，能帮上忙的尽量帮。更何况你爷爷一直有个遗憾，我这是为他偿还心中的那份亏欠。"

日子越过越好，父亲想把爷爷接到城里来享享清福，可爷爷却婉言回绝，说在乡下住惯了。两年后的一天，接到老家打来的电话，说爷爷得了重病，经检查已是肺癌晚期。

我们一家人匆匆地赶回老家，躺在病床上的爷爷已气息奄奄。父亲俯在他床边轻声说："爹，你想吃点啥？"没想到爷爷说："我……想喝碗玉米糊糊。"

当满满一碗玉米粥端上来时，爷爷颤巍巍地伸出手来，忽又无力地垂了下去。众人齐齐地"扑通"跪倒在床前，顿时悲声四起。顺着爷爷手指的方向，家人忽然明白了，欠下的半袋苞谷面，成为老人一生未了的心愿。

看　坡

田地里有促织不住地鸣叫，连响成一片，
让这秋天的傍晚一点儿都不寂寞。

◎半塘月光

犹记得少年时的一个深秋跟着父亲去看坡，就是去守护收获完毕、来不及运送回家的庄稼。

背着苫子走在乡路上，两旁庄稼婆娑，暗影横斜，极有情致。吱吱吱……田地里有促织不住地鸣叫，连响成一片，让这秋天的傍晚一点儿都不寂寞。天上圆月明亮，照得大地一片银白，周围散溢着成熟的庄稼的味道。朦胧的月光里，远处不时有红红的烟头，一明一灭，还有咯咯啦啦说话的声音，隐约顺风飘来，这说明看坡的人不少。稀疏的几颗朗星，在墨蓝的天空里晶莹异常。田野里，无阻碍的秋风习习吹来，凉爽怡人。乡村的夜晚非常寂静，只有"咴儿，咴儿"孤独的驴子叫声从村子里隐约传来，让人联想到家的温暖。

很快就到自家的地头了，挨着成堆的地瓜，铺好苫子，躺下来，感觉极其惬意。不知名的小虫儿，不知在什么地方嚯嚯地叫着，旋律奇怪，似乎在这儿，也似乎在那儿，但是当你好奇地靠近寻找时，哪还有半点踪迹？一躺下，声音马上又响起了，很有"昨夜寒蛩不住鸣，惊回千里梦"的味道。仰望空中，月光洒下，如霜，如霰，身上的皮肤似乎也感觉到了月光的丝丝沁凉了；原野无比空旷，无边幽静。多少年以后，读到了张若虚《春江花月夜》中的"江流宛转绕芳甸，月照花林皆似霰。空里流霜不觉飞，汀上白沙看不见"诗句时，马上想到了年少时看坡的经历，很快心领神会，心有戚戚。

夜逐渐深了，万物慢慢浸入宁静之中，我也开始慢慢进入梦乡。突然，一阵老人的咳嗽声把我从香甜的梦中惊醒，抓起手电，一跃而起，但满地里哪有一个人影？循着声音找，竟有两个小小的东西在地头间悄悄蠕动，蹑手蹑脚地走过去，猛地掀亮手电，顿时哑然失笑：光亮里原来是两只刺猬！只见这两只刺猬正在争啃着一个野生的甜脆瓜，哼哼的声音就是他们发出来的。怪不得父亲曾经给我讲过，刺猬的叫声像老人咳嗽，看来的确是真的。抬头看看天，明亮的大月亮，已经西斜了，在西天上发着清光，笑着望着我们。

再次躺下来，眼睛看着虚无的上空，竟见有几只秋蚊，贴着脸作白鹤飞舞状，袅袅娆娆，刚想停驻在我的脸上，可马上被刮起的秋风吹走了。肃杀的寒冬马上来临，这些幼小的生命该怎样躲过寒冷的浩劫呢？令人生忧。天上的星座，明晰可辨，猎户星座上有排成一排的三颗亮星，闪闪烁烁，应是人们常说的三星吧？想起母亲唱过的歌谣："三星赶圈扒（一堆暗小的星群），赶上圈扒过年了；圈扒赶三星，赶上三星过清明。"然后便又沉沉地睡去了。

睡眼惺忪里，有早起下地干活儿的人们，谈话的声音再次把我惊醒了。起身一看，太阳已然东升，放射出万道霞光，万物都笼罩在一派金碧辉煌之中，整个田野也似乎闪闪发亮了。

暖暖的泥火盆

那盛着炽热炭火的小盆，盆沿儿边上被爷爷匠心独运地用小木棒画上了小鱼、小鸟，那些小动物个个栩栩如生，仿佛"嘘"一声就会被吓飞、吓跑。

◎半塘月

凛冽的寒风吹起，坐在空调暖房的我们，不由得忆起虽贫乏寒冷但又温暖温馨的童年生活来。

那时，天气似乎比现在冷得多。乡间小道上，常见路面被冻裂开来，裂纹纵横交错，犹如破旧的蜘蛛网。冻得鼻头红红、脸儿青青的我们，在河里的冰面上疯玩够了后，如一群小老鼠般匆忙地钻进挂着草帘、温暖异常的土屋内。

其时，屋子里的中央放着的泥火盆里，炭火红红，像成块成块晶莹透亮的玛瑙、宝石，散发出的暖气扑在脸上，暖烘烘的；火盆边围着一圈烤火的乡亲，东家长、西家短的，谈天说地，整个屋内气氛热烈，犹如春天。

这泥火盆是旧时农村所特有的东西，家境殷实的会多买一个铁盆当作火盆。可是那时候，整个农村又有多少富裕的农户呢？所以，多数用的就是泥火盆。

爷爷有一手做泥火盆的好手艺，整个过程大约得半小时。他先从南坡地里挑来韧性较好的黄胶泥土，用清水拌成糊状，再往里面添加一些麦秸秆做泥巴的"筋骨"，然后用镢头砸匀，在地上反复摔打成一个大泥团，就可以使用了。心细的爷爷平时会捡拾一些漏水的破烂土瓦盆放到家里，用作泥火盆的胚子。制作时，用双手挖捧起刚和好的泥，往准备好的破土瓦盆上甩，就这样一直不停地用力把泥巴甩在破瓷盆上；看厚度差不多了，就伸手在水盆里捧一捧清水，沥在已显雏形的火盆坯子上，就着那清水，把泥盆的里外面用手抹得溜光、水滑。爷爷干活儿很认真，容不得有一丝纰漏出现，泥火盆的里外两面光滑得须得如镜子般，各个部位厚薄一致，成正圆形，不歪不斜，线条圆润，整体看来舒服协调才住手。看起来，简直是在做一件精致的工艺品。

我家的泥火盆曾经温暖了我的整个童年。那盛着炽热炭火的小盆，盆沿儿边上被爷爷匠心独运地用小木棒画上了小鱼、小鸟，那些小动物个个栩栩如生，仿佛"嘘"一声就会被吓飞、吓跑。年迈的爷爷，有时候就把盛有高粱烧的小瓷壶用牛皮纸塞住口儿，再用铁铲在火盆里扒开一个小坑，放进去，埋住，一会儿，酒香就溢满了整个小屋。爷爷惬意地拿出来，就着壶嘴抿上几口后，脸就被烧酒醺得红彤彤的了。等到兴致高了，就大声给我们讲《穆桂英挂帅》《封神演义》等古书里的故事，乡音方言，声情并茂，听起来贴心近肺，大大激发了我的美好想象。有时，奶奶也会把花生、土豆埋到快要燃尽的热灰里，半个时辰就可以吃，现在似乎感觉，任何美味佳肴都赶不上儿时火盆里的熟花生、土豆那美好的味道。

　　现在，农村的泥火盆已属"明日黄花"，风光不再。以前家家使用的泥火盆已不见踪影，早被空调、暖气炉取而代之，曾经为乡亲做泥火盆的爷爷不免有些落寞。我打着手势询问耳聋的爷爷，以前我们家曾经使用过的火盆还找得到吗？一向耳聋的爷爷竟意外地听明白了，他摆摆手，眼里流露出怀念的神色，什么话都没说，转身走了。

爱在身后二十米

这一生，只要我们还行走在人生崎岖的山路上，父亲就会一直紧紧地跟在我们身后二十米，直到他再也迈不动脚步的时候……

◎郝金红

读初中时，家离学校有十几里的山路，那时又没自行车可骑，全靠一双脚板儿走。

第一天上学时，我起得很早，父亲也跟着起床了。他收拾利索了就在一旁等我。"你起来干什么？"我问他。"送送你！"父亲指着外面漆黑的夜。"不用了，我都这么大了，又不是小孩子，我不怕！"青春年少的我，在父亲面前表现得像个大人。况且，与我一同上学的，还有同村的小栓，两个大小伙子，不就是走山路吗，有啥怕的？

面对我的拒绝，父亲迟疑了一会儿，"那好吧，我等你走后，把院门关一下！"我背起书包，挺起胸脯，在父亲面前昂着头走出了院门。

小栓已在村口等我。我望着外面漆黑一片，说实话，心里还真有点儿害怕。长这么大，我还是第一次要走这么长的一段山路。"你怕不怕？"我问小栓。"怕？有啥怕的？我们有两个人呢。"小栓的声音不大，但我听得出来，他一定和我一样在假装勇敢。

我们出发了。黑漆漆的夜，天边悬着两颗孤星，阵阵山风吹过，让人不寒而栗。偶尔有一两声动物的嚎叫传来，尖锐而凄厉。我和小栓不禁加快了脚步，只想尽快走过这段坎坷不平又特别漫长的山路。

"要是有大人送我们一段就好了！"小栓在后面低声嘀咕。是啊，现在我真的后悔刚才为什么要拒绝父亲的好意。我想象着此刻父亲就在我的身后，但我不敢回头看，只顾着埋头往前疾走。等我们走到学校，早已是大汗淋漓。

这样的时光持续了三年。但每一天上学，父亲必定要跟我一同起床，有时甚至起得比我还早。自从我拒绝他送我之后，他再也没说过这类的话，只是说等我走后关好院门，再也没有别的什么。

直到有一天，我才知道父亲对我撒了谎。

初三毕业，我以优异的成绩考取了县城的师范。父亲显得特别兴奋，他邀我下河去洗澡，我这次没有拒绝。当父亲脱下长裤的一刻，我瞥见他的右腿上有一块长长的伤疤，像一只黝黑的壁虎伏在腿上，特别刺眼。"爹，你的腿啥时弄伤的？"父亲迟疑了一阵，呵呵一笑："那次上山砍柴，让树枝给刺的，没事，庄稼人嘛，哪没个小伤小疤的，早就好了。"父亲说得那样自然，我信了。

但随后不久，母亲和我聊天时，无意中说到了父亲的那个伤疤："你爹一天早上送你去学校，让猎人的套弓给夹着了，淌了不少的血，好几个星期才好呢。""送我？爹送过我？"我惊讶地向母亲求证。"是啊，你爹不让我对你说，上初中那会儿，他一直在送你，为了怕你发现，他就远远地跟在你后面。他还说，离你二十米远，既能看到前面的你，又不会被你发现。送你三年，你爹呀，都总结出经验来了。"母亲说得自然，我的心却在流血，为自己曾经的固执和无知。

那一刻，我的脑海里闪现出这样的画面：漆黑的夜，两个少年行走在狭长的山路上，在他们身后的二十米处，一位老农在悄悄地跟着，他是那么小心翼翼……

一直固执地以为自己是多么勇敢，不曾想却辜负了父亲的那颗慈爱的心。这一生，只要我们还行走在人生崎岖的山路上，父亲就会一直紧紧地跟在我们身后二十米，直到他再也迈不动脚步的时候……

脚下的流沙

脚踩到哪儿，流沙就跟到哪儿，即使细小
到你眼睛看不见，但别人也能看得见。流沙，
就是一个人的足迹，也是一个人的人生。

◎李良旭

放学回到家，母亲在院子里看到我回来了，抬头看了看我，皱
起了眉头，说道："怎么，放学后又到小河边玩去啦？"

我心中慌乱地赶忙回答道："没有啊，一放学我就回来了。"

母亲听了，脸一下子拉下来了，她有些生气地说道："你撒谎，
你脚下的流沙告诉我，你到小河边玩耍去了。"

母亲铿锵有力的一句话，吓得我赶忙低下头看着自己的脚下，
这一看不禁令我大吃一惊，只见两只鞋边沾上了点点粒粒的沙子，
没想到，这沾在鞋上的沙子竟成了无可抵赖的证据。我无话可说，
只好羞愧地低下了头。

母亲走了过来，拿来一双干净的鞋，让我将脚上的鞋换下来。
母亲将那双鞋拿到水池边，边洗刷鞋上的流沙边说道："脚踩到哪
儿，流沙就跟到哪儿，即使细小到你眼睛看不见，但别人也能看得
见。流沙，就是一个人的足迹，也是一个人的人生。"

我惊讶地望着母亲，没想到，我那没有多少文化的母亲，竟说出了这么富有诗意的话来。那一刻，我感到母亲好聪明，甚至好伟大。那是在我七八岁的时候，第一次听到"流沙"这个词，原来流沙无处不在，无处不有，它就像影子一样，如影随形，伴随在人的脚下。

一次，老师让同学们用"沙"这个字组词，班上同学大都组成了沙漠、沙发、沙子、沙滩、沙地……只有我组成了"流沙"这个词，当时课本上还没有学过这个词。老师特意在全班表扬了我，说这个词组得好，并问我是怎么知道这个词的。

我将那个鞋上粘有流沙的故事说给了老师听，老师夸我有一个十分聪明的妈妈。听到老师的夸赞，我心里充满了自豪和甜蜜。

二十多年后，当年的同学聚会，许多同学还向我说起那个我在班上说过的流沙的故事。他们说，这么多年了，只要一看到自己鞋子沾上的那些流沙，他们就会想起我，想起我说过的那个故事。

我听了，一下子感动莫名，眼睛一下湿润了。少年时，大家在一起的许多时光都已淡忘、模糊了，但课堂上偶尔说过的一个故事，竟然让同学们记了几十年，甚至触景生情，思绪万千，不能不令人感慨万千，心如潮涌……

长大了，我离开母亲，到过许多地方，并在很远的城里安了家。每次回家，母亲看到我，总是先低下头看我脚上的鞋。

我开始不明就里，问道："妈，您在看什么呢？"

母亲认真地说道："我在看你脚上的流沙，看你是否走错了道，沾上了不该沾上的流沙。"

母亲轻轻的一句话，惊出了我一身冷汗。孩提时的那一幕像电影蒙太奇，又在眼前浮现，真真切切，恍如昨日。我下意识地在努力检索自己所走过的路，心中隐隐地有些忐忑和不安。

这么多年过来了，尽管母亲不在自己的身边，但我仿佛感到她一直就在自己的身边，她的一双眼睛一直在紧紧地盯着我脚下所走过的路，使我丝毫不敢懈怠和放纵，生怕自己一朝不慎，走错了路，脚下沾上了不该有的流沙。母亲说得对，人走到哪儿，流沙就跟到哪儿，无论自己行走得多么隐蔽，都隐藏不了脚下的流沙。

这世界上有一种孝，就是努力走好自己人生的路。可以平凡，可以寻常，可以贫穷，但绝不能走错了人生的路。只有走得正直，走得刚强，才是对母亲最大的孝。

总有些温暖在路上

有一些温暖，永远不会忘记；有一些温暖，
会永远挂在心头。

◎积雪草

那年，暮秋。

花朵一样的年纪，青春正盛。单纯，快乐，美好，却抵不过一次失恋的突袭。顷刻，张扬着馨香的世界倾覆了，内心失衡，以为没有了爱，整个世界都会变了颜色，天空也变得低沉灰蒙起来。

一个人在街上走，落叶在脚边盘桓回旋，那样的街景原本很美，可是被无限放大了很多倍的失恋，像一根银针刺得钻心疼痛，根本看不见油画一样伫立在秋风里的城市。

那个人真真够狠心，待他那样好，可是他头都不回地走了，脚步没有丝毫的迟疑，一步一步，鼓点似的踩在离人的心上。

近乎自虐般地对待自己的肠胃，腹中一遍遍地唱空城计，方想起两天没有吃东西；只是，只是没有了爱，吃什么都不会香了。有一句诗写得好：何以解忧，唯有杜康。

像是突然来了灵感，她冲进街边的餐馆，找了一个靠窗的位子坐下，然后自顾自地喊了一声："老板，来两瓶啤酒。"此时此刻，只想一醉解千愁，忘记那个负心的人。

半天，没有人应声。她抬起头，环顾了一下四周才发现，不大的小店内只有她一个食客，孤零零地坐在一张靠窗子的餐桌前。

餐厅另外的一个角落里站着四五个人，好像在低声商讨着什么，窃窃私语，有人不时地朝她这边张望，终于有一个人似乎忍不住了，对她喊："我们今天不营业，你请回吧！"

满腔的郁闷终于被点燃，她顿时火起，大声嚷嚷起来："不知道顾客就是上帝啊？不营业干吗开着门？今天我这啤酒喝定了，你再撵我走，我就去工商部门投诉你们！"

不知道是因为她的话震住了他们还是别的什么原因，反正其中一个三十来岁的女人笑盈盈地走过来，看着她说："女孩子家家的喝什么啤酒啊，心情不好吧，发这么大的脾气会变丑的。"

她无言以对。伸手不打笑脸人，人家的脸上是阳光一样明媚的笑容，自己心情再糟糕也不好再胡乱地发泄。女人说："小妹妹，我们店里真的没有啤酒，我叫厨师给你做一碗面条吧。"说着，女人并不等她点头，就自顾自地吩咐厨师："给这位小妹妹做一碗面条，要手擀面，面丝要切得细细的，多放点姜。"

厨师犹豫了一下，没有动地方，女人有些愠怒地说："我现在还是你的老板，叫你去你就去。"胖厨师有些心不甘情不愿地去了后厨。

女人拉过她的手，在她的手心里拍了两下："小妹妹，没有过不去的火焰山，遇到再不开心的事，吃了我这碗面条也会变得开心起来。我还有事，你稍等一会儿，面条就会给你端上来。"

她注视着女人离去的背影，身姿曼妙、脸庞俏丽、八面玲珑，这样的女人一定不会失恋的。不像自己，惨兮兮的，恋了几年，满腔的热忱被一盆冷水浇灭。

　　自怜自艾时，胖厨师把面条端过来了，一个雪白的瓷碗，通体素色，没有花纹，盛一碗热气腾腾的银丝面。她有些惊奇地看着，居然有人能把手擀面切得细如发丝，迎着阳光看上去，一根根晶莹剔透，配上黄的姜丝和绿的葱丝，精致得让人不忍心下筷。

　　她看着面条发呆，胖厨师说："快吃吧。你是我们店最后一位顾客，以后想吃也吃不到了！"她吃惊地问："为什么？"

　　胖厨师说："因为我们小店亏损，老板把店盘给别人了，早几天就不做生意了。"

　　她回头看了一眼那个女人，女人优雅美丽，温暖可人，有一种暖从心底慢慢滋生出来，她端起那碗面条往嘴里送，一口一口，真的很香很好吃，那么久都没有吃过这么好吃的东西了。说来奇怪，不过是一碗面条，吃完之后，失恋的伤痛居然不那么惨烈了。

　　走时，她把一张钞票悄悄地压在碗下面，远远地朝女人颔首致意。可是刚刚出了小店的门，胖厨师就捏着那张钞票追了出来，他说："我们老板说，不收你的钱，面条是她送给你的，希望你能快乐起来！"

　　那个女孩儿是我。那也是我吃过的最好吃的银丝面。

　　多年之后，我懂得了，失恋不过是人生的一种滋味，失恋不是整个世界的倾覆，人生还有许多种滋味需要品尝，比如失业，比如失爱。失掉一些东西，就会长大一点点，一直到我们再也没有什么东西可以失掉。就像食物，我们不可能只吃馒头，不可能只喝啤酒，也不可能天天满汉全席，其他的食物也是不错的选择，比如面条。

　　有一些温暖，永远不会忘记；有一些温暖，会永远挂在心头。

蒲扇伴我眠

回想过去多少个夜晚，外婆的大蒲扇总是
不停地摇动着，让我在习习的清风中安然
入睡。

◎张帮俊

炎炎夏日，酷暑难当，就算是坐在家中，可还感觉燥热。每当
这时，我总习惯手拿家中那把外婆留下来的旧蒲扇，惬意地享受着
它带来的自然清风，蒲扇轻轻地摇着，心情也慢慢平静下来。

这把草黄的旧蒲扇，周边一圈是外婆用细长的花布条仔细绞的
边。扇叶上的道道褶皱，是外婆额头上沧桑的皱纹。我的记忆乘着
蒲扇摇来的清风，回到了美好的童年。

我是外婆一手带大的，因而她格外疼爱我。那时，我们家住的
是平房，一到夏天就成了大蒸笼。傍晚时分，外婆往屋前的地上撒
些水，降降温，这样方便晚上出来乘凉。那时的外婆身体还很硬朗，
吃过晚饭，扛着凉床出门，我则手拿她的蒲扇跟在后面。门前的空
旷地上已经有很多人坐在凉床上聊天了，外婆将凉床放下，找来湿
毛巾将其擦拭干净，等晾干后，我淘气地赤脚跳上去，在上面蹦来
蹦去。外婆一把将我拉住，嘴里念叨："小祖宗，慢点，小心摔倒！"

孩子们的童年都是快乐的，我哪儿闲得住，又跑下床，和小朋友们玩捉迷藏去了。外婆则和老婆婆们说着家长里短。

不知何时，我玩累了，跑到外婆那里。外婆见我满头大汗，笑着拿湿毛巾给我擦擦，然后，好像变戏法似的递给我一碗冰西瓜。外婆一边看着我吃西瓜，一边用蒲扇给我扇风，还不时在我腿上拍打，防止蚊虫叮咬。吃完了西瓜，我躺在凉床上仰望星空，听外婆给我讲故事。外婆边给我扇扇子边讲故事，她说的故事可精彩了，什么孙猴子三打白骨精、白娘子斗蛤蟆精，听着听着，我就进入了梦乡。

我见到过外婆制作蒲扇。她将棕榈树叶砍下晒干，叶柄留作手柄，把叶片剪成扇形，然后用细竹条将叶片边缘卷起扎牢，用针线钉好，一把蒲扇就做好了。后来，使用时间长了，蒲扇的边缘有些破损了，她就用布条将边缘用针线缝补起来，这样就不容易损坏了。外婆的蒲扇陪我度过了一个个夏日，而我也渐渐长大，外婆也老了，终有一天，她带着微笑离开了我，有关她的回忆也只能永远存在回忆中了。

手拿着这把破旧的蒲扇轻轻地摇着，清风徐徐，烦躁的心情顿时也平静了许多，那些旧时光也随风而逝。回想过去多少个夜晚，外婆的大蒲扇总是不停地摇动着，让我在习习的清风中安然入睡。想到这里，不觉眼泪流下来，滴落在蒲扇上。原来，这些年外婆一直还和我们生活在一起，朝夕相处。

梦里白驹

　　梦里犹记二老忧，才下眉头，却上心头，过隙白驹一觉到天明。光阴已成影，墨痕犹锁壁间尘。许多往事只在梦里出现，直到醒来才惊觉时光飞逝。恍然间，才醒悟原来父母也会老，只希望曾经的小院里还有不一样的花开……

岳父岳母的爱情

凡俗的爱，看不见，只有心疼。

◎马　德

我说，这是进口药，特别贵，总是打的话，有了抗药性就不顶事儿了。

岳父果然听了我的，每天只打两针。到打下一针之前的两三个小时，他就疼得挺不住了，疼得控制不住，就猛烈地用小锤敲打自己的胸部，咬牙坚持着。

岳父之所以咬牙坚持，是因为听说这药很贵，他舍不得打。

其实，这药很便宜，一支不到四块钱，医学名称叫盐酸吗啡注射液，是用来给晚期癌症病人止疼用的麻醉药，打多了会上瘾。有一次，我去医院取药，碰上另一个人给他父亲拿药，他说他爸爸一天得打五六支。我吓了一跳，当时想，岳父若也这样的话，即便不被病魔折磨死，也得让毒瘾折磨死，为了防止这种情况出现，于是编了以上的谎话。

岳父居然听了，也信了。

岳父是一年前查出的食道癌，后来转移到了肺部。他老喊胸部疼，难受，发了几次高烧，差点死过去。我们一直跟他说是胸部积水，他信了。为此，输了好长一阵子液，输得双腿肿胀得像初春的树，饱满的硬和冷。到后来，输进去的液体直接从脚面渗了出来，岳母一面擦拭，一面为他揉脚。脚面揉一会儿就会软和许多，但停下来便很快变得硬邦邦的。于是，岳母就不停地揉捏。岳父总是迷迷糊糊的，他醒来看见岳母的样子，第一句话便是：你快歇一会儿吧。

他心疼岳母。

有几次，我见岳父情不自禁地拉着岳母的手。屋子里那么多的人，他俩就那么拉着。有时候是岳母，隔着被子抓住岳父的手，然后又是很长时间。我们赶紧找话说，假装没有看见。我说："爹，这不春天了，天暖和了，你去院里晒晒，一晒病就好了。"他点头。然后，我说："要不给你买个轮椅吧，坐着晒。"

他摆手说："不用，有你娘呢，让她扶着我。"说完，他盯着岳母看，眼里是无限的信任以及无限的依赖。

前两年，岳母有一次突然晕倒在炕沿儿底下，不省人事。当时屋子里只有他俩，岳父一下子不知所措，一边掐人中，一边呜呜咽咽地哭，嘴里不停地念叨：快醒醒，你快醒醒，我跟你就伴还没有就够呢，你可别吓我。那一刻，他竟忘了打电话，也忘了叫人，就这样抱着岳母一直把她喊醒过来。

事后，岳父说："当时我也傻了，怎就忘了叫人了呢。"岳母在旁边笑，说："挺大的人还要哭成那样。"岳父："其实，当时我也没胆小，我知道你没事，因为炕沿儿底下有炕神呢，再不行有他老人家接着你呢。"

他狡辩，还误不了幽上一默。

他俩是一对苦孩子，岳父小时候没了父亲，岳母小时候没了母亲。两个人走到一起，我一直怀疑他们是否有过爱情。早年间，忙完地里的农活儿就忙家里的活儿，陀螺一般。除了吃饭可以说上几句话，其他时候忙得焦头烂额的，彼此连个笑脸也不见。那些年，家里唯一的收入是靠卖猪仔儿。于是，每年到母猪产仔儿的日子，岳母要整宿整宿待在猪圈里，守在母猪旁，生怕它压死一只小猪。岳父呢，则在屋子里"呼呼"睡大觉，从不过问一声。后来，我们为此曾集体"讨伐"过岳父，哪料岳母说，他累得一躺下睡得跟死猪似的，也就什么都顾不上了。

凡俗的爱，看不见，只有心疼。

老了之后，岳父喜欢看的电视只有两类，一是唱戏，一是抗日剧。抗日剧，用他的话翻译过来，还是戏——闹日本鬼子的戏。他小时候曾经被日本人撵得四处躲藏，所以格外爱看日本鬼子被收拾的剧目。他爱看，岳母就陪他看。但常常是，岳父看得兴高采烈，岳母在一旁睡得鼾声如雷。等到岳父看完了，关了电视，岳母便一下子醒了过来，问："完了？"岳父说："嗯，完了。""好，完了那咱就睡觉。"说完，岳母"咕咚"跳下地，出去插院门。

岳父化疗之后的很长时间，除了吃饭吞咽困难外，其他都没有问题。每天晚上，他俩睡一会儿醒来就开始说话。说罢，再睡一会儿，醒来继续说。几十年发生的事，反反复复要说上好多遍。岳父说，同样是苦命，跟着母亲活和跟着父亲活是不一样的。于是，岳父大谈小时候母亲如何娇惯自己，当岳母谈及自己小时候去姥姥家被其他姊妹撺得不让进门时，岳父眼圈就红了，然后，摸着岳母的头呜咽地哭。

到后来，岳父变得越来越爱激动了，眼里常常噙着泪花。他总对岳母说，这辈子我报不了你的恩了，下辈子我再报你的恩吧。要不就央求岳母，这辈子咱们在一起，下辈子也要在一起哈。岳母说："下辈子我才不跟你在一起呢，我自自由由的，想去哪里去哪里。"听到这话，他就一下子变得怯怯的，盯着岳母看半天，眼神里满是惶恐和不解。

需要说明的是，在岳父闹病的前一年，岳母刚做了乳腺癌手术，身体也不大好。自从岳父闹病之后，她的身体一直很棒，连个感冒也没闹过。岳母是这样解释的：也许，就该我好好伺候他，这是老天的安排吧。

这一年，岳母七十四岁，岳父八十一岁。

曾经的小院儿

小院儿虽小却是生命的王国，一草一木在
这里都会自由舒畅地生存成长，也都会为
小院儿平添生机，带来累累果实，都会令
我陶醉。

◎ 韩　旭

家乡，小院儿，少年。

我时时这样：每当想起家乡，思绪便不由自主地回到曾经的那
个小院儿，念及小院儿里的林林总总。

哦，还有被遗留在小院儿里少年时的梦！说是小院儿，不大却
也不小，占地面积为半亩。小院儿是 20 世纪 60 年代末父亲的杰作。
院子四周由土打墙圈起，院里并不复杂，三间青砖起垛，青石夹心，
青瓦盖顶房屋，坐北朝南，由屋檐向前跨出三步，横了低矮的土墙，
院、园相隔。

树，是小院儿的翎毛，是小院儿的守护。建房时，父亲说宅院
没树，光秃秃的缺少生机。于是，沿着院墙根便有了一圈儿白杨树。
望着抱枝而上、光滑挺直、直戳蓝天的白杨，人常常发出高大伟岸、
人不可及的感叹和遐想。一棵柔弱的幼苗植根入土，任凭霜雪严寒、

风吹雨打而义无反顾、凌云直上，它使我明白了做人的道理。

与高高厚厚陈年老土的院子南墙相映的，是墙根儿西侧那棵老榆树。干直直的，越出墙帽一米多高，枝杈分生，郁郁葱葱很是茂盛。抱拢着它粗壮皲裂的树干仰望蓬散的树冠，问及它缘何孤寂独生于此，它便随风摇头，洒落片片熟黄的榆钱儿，脚下萌生出株株幼苗。它常常让我想起父亲。

每当夜深人静的时候，树摇风舞，会发出沙沙的响声，又像是母亲贴耳絮语，令我在恬静中安然入睡入梦。其实，我更为院里的每一寸沃土而着迷。因为，正是小院儿里的黑土不断生长出新的心情和希望。园子里对称栽植了四株苹果梨树，颇感富足得意。在家人自由侍弄中年复一年地发芽、开花、挂果。深秋，喜人的梨子缀满枝头，家人可随意采摘品尝。也许，只有自己的劳动果实才能品出其中的滋味。一排排整齐的畦子种出了各种蔬菜，绿油油的，丰富而美妙。我好奇地蹲在黄瓜架下看秧须缠架，看开出黄黄的小花，看结出纤细挂刺儿的瓜纽，心里盼着它尽快长大。我喜欢守候茄子、西红柿以至角瓜从萌蕾、开花、结果到成熟的全过程，几乎是天天拨开叶子用一瓢瓢清凉的水问候它们。看着它们膨大、成熟，在母亲点头允许下急不可耐地亲手摘下，闻着香味津津有味地吃掉。

我常常为偶尔萌生的花草树木而兴奋不已。土予百草生，只待时节临。

春暖融融，院子里墙根下不经意地生出一堆苦麻子，或是一丛蒲公英，抑或是似曾熟悉却喊不出名字的蒿草。无论你理会不理会，它们都会长大、孕蕾、开花。一朵朵微小的黄花开得灿烂，令人心动，足不出户便可领略大自然的气息。

园子畦边偶尔生出一株肥头大耳的杏树，我欣喜若狂，便给它开了穴，周围插上了柴棍儿，告诉家人，它已经被保护了，切勿拔掉。两三年过去，这杏子还真的成了树。后来也真的开出满枝杈白中透粉的杏花，并结了杏子，还是香白杏，吃起来满可口。后来，我开始学着栽种、侍弄果树，屋后东北墙角栽下一株樱桃，第二年嫩条上开了细碎的白花，竟结了串串红红的樱桃。园子西北角栽下一棵葡萄，第二年枝条干枯却从根基部钻出来新芽。叶子小小的，枝条紫红细长，枝条长势很快，年年发出新枝。主干拇指粗了，枝丫间便现出穗穗蕾，继而成果。直到深秋，果实仍是玉米粒大小，却是一串串紫红，方知是野葡萄。尽管吃起来有些酸涩，但心里却是甜甜的。日日月月，年年岁岁，我对小院儿每一个角落都倍感亲切，庭院处处都蕴含着爱意。小院儿虽小却是生命的王国，一草一木在这里都会自由舒畅地生存成长，也都会为小院儿平添生机，带来累累果实，都会令我陶醉。

终于有一天，我带着丝丝眷恋离开了小院儿。

之后的岁月里，我偶尔回到家乡。远远地可见那青瓦屋脊掩映于白杨树间，那棵老榆树依旧伫立在那里，我每年都要剪枝疏花疏果的苹果树、梨树呢？亲手呵护养大并嫁接了李子的那棵杏树又怎样了？我亲手栽下的樱桃、野葡萄还在吗？哦！还有院子里那些应时而发的蒿蒿草草还在萌发吗？

也许，这些早已成为小院儿新主人的一愫情怀了。

哦，我曾经的小院儿！

开学的季节

可每到这样的季节，一些烙印于心灵深层
的东西便会浮现，在午夜的梦里把人轻轻
唤醒。

◎葛会渠

邮差把录取通知书送来时，父亲并未流露一丝高兴，他压根儿
就没想过我能考上高中。那时候，我已下田拔过几次杂草，在父母
给庄稼喷农药时做下手，作为长子，我必须尽快学会这些农事，帮
着父母撑起贫寒的家。

开学的日子一天天临近，我的心愈加忐忑不安。我无从知晓父
母会不会让我上学，显然，读书的费用对于他们来说是沉重的负担。
有几晚，我听见父母在里屋的床上嘀咕着什么。是的，与我同龄的
孩子都早已劳作在田头，成了地道的农民，这让我不敢面对父母表
达自己强烈的读书愿望。那天黄昏，吃过晚饭，父亲坐到门槛上点
燃一支烟，问我："让你念书，有把握考上大学吗？"

我当然没有把握，但有一种力量使我倔强地点了头。父亲狠吸
了几口烟，然后把烟蒂掐在地上说："明早把猪圈里的猪卖了替你
交学费，反正家里也不指望你能帮什么忙。"

我终于坐在县中宽敞的教室里了，眼前却常浮现父母黝黑的面庞和那头猪被捆绑时挣扎尖叫的样子。这些景象令我丝毫不敢懈怠，常常晨曦即起苦读。那一年，我不满十六岁。

转眼三年即过，临近高考时我回家拿报名费。走时，母亲煮了几个鸡蛋让我路上吃。我们那地方有个习俗，男人出门做大事前都要吃熟鸡蛋，是希望"圆满"。父母和两个弟弟一直把我送到公路边。我带着全家人的期望进了考场，又把对他们的满腔挚爱写在了考卷上。当我考完最后一门政治，透过窗玻璃向外望时，意外地发现父亲正坐在操场西南角的土坎上抽着烟，眼睛不时地向考场这边探望。平时让人觉得有些冷漠的父亲居然赶了几十里路来接我回家了，夕毒的日头正晒着他，我禁不住鼻子发酸。

我永远都不会忘记，1988 年 8 月底，我收到了朝思暮想的挂号信。那是北方一所大学的录取通知书。我把通知书上的字一连读了两遍给全家听，父亲抽烟的手抖了许久才接过去小心翼翼地看了，又极仔细地折好放进信封，然后压进木箱底层。母亲问，是大专吗？我说是本科。母亲就有些遗憾，说要是大专就更好了。成绩出来前我曾告诉母亲能考上大专，她因此认为大专才是最好的学校。我说本科比大专还要高呢，母亲有些不好意思地笑了。晚上，父亲把村里有身份的人请到我家喝酒，他喝得酩酊大醉，嘴里不停地说："这是祖上积的德啊，娃考中了，是国家的人了，要吃公粮了。"我却有些担心学费和路费，母亲说："操什么心，家里养的四头猪都是为你准备的。"

那一年的 9 月，十九岁的我第一次坐上了火车，是去遥远的北方读大学。母亲把学费和伙食费缝在我贴身的内衣里，叫我一路多加小心。

十几年过去了。十几年不算短，许多事情已被岁月冲褪了色彩，甚至于忘却了。可每到这样的季节，一些烙印于心灵深层的东西便会浮现，在午夜的梦里把人轻轻唤醒。我想，那绝对是一个人生命里最重要或曾最爱过的东西。

梅 巾

渐遁的色泽丝毫遮挡不住梅的傲然和美丽，
遒劲的枝丫是用金色丝线绣成的，而那斑
斑点点镶着淡粉色牙子的花蕾如雪般洁白。

◎矫友田

檀木匣子里珍藏着一方红色的绸巾。它上面绣着一株梅，母亲称它为梅巾。

渐遁的色泽丝毫遮挡不住梅的傲然和美丽，遒劲的枝丫是用金色丝线绣成的，而那斑斑点点镶着淡粉色牙子的花蕾如雪般洁白。

这方梅巾是外婆亲手绣的。年轻时，外婆并不美丽，但她却有一手刺绣的好活儿。或许，外公正是因为喜欢她绣的梅巾，才在二十四岁那年上答应娶了她。

外公比外婆大六岁，他在外面做银饰生意。结婚的第二年，外公就要去关外做一桩买卖。临走时，外婆悄悄把一方梅巾揾在他的怀里。

一别就是三年。

在一千多个没有音讯的日夜里，思念和失望时时交替折磨着外婆。有人说，外公在半途遇到了匪，赔了命；也有人说，外公在关外遇上一个大户的女人，不再恋家了……

听了这些，外婆总是摇摇头，只有到了夜里一个人时，才把肚子里的眼泪和委屈全部倾泻出来。她发誓，就是头发全白了，她也要等。

在第四个年头上，外公终于回来了。他衣衫褴褛，手里拄着一根木棍，因为他的右腿已经瘸了。

当着那么多人的面，外婆强忍住泪水问："你这是怎么了？"

外公就说，他在半途遇了匪，被打断了腿。后来，幸亏一位好心人相助，他才捡了一条命。他是拖着那条残腿，一路乞讨回来的。

外婆泪眼婆娑，注视着外公。此时，外公从怀里掏出一方叠得齐齐整整的梅巾，喃喃自语道："如果没有它陪着，兴许俺早就死在外边了。"

听到这里，外婆再也顾及不了那么多了，她扑上前去，两人抱头痛哭起来。

从此，外婆再也没有绣过梅巾。外公临终前，外婆准备把这一方梅巾给他"带上"，而外公却含着泪，吃力地摇头不许。

外婆去世时，她把这一方梅巾托给我母亲保存。遵照外婆的遗愿，每到清明节时，母亲都要带上这一方梅巾，到外婆和外公的坟上祭奠一番。

把痛苦带走，把坚贞的爱留下——

这就是我从梅巾上找到的另外一个答案。

在飘着淡淡荷香的季节

恍然间，我看见梳着乌黑长辫的她，浅浅
一笑在田田荷叶间，荷花般娇美，近了又
远去，流水一般。

◎陌上蝶

读高三的那年，初夏来得特别急，让人有点儿措手不及。

一天，课间休息时，我的书掉在前桌女生的脚边，那时她正弯腰拾笔，就顺便把我的书捡起，递给我，嘴角露出浅浅一笑。我的心不可遏制地剧烈跳动，她柔弱，文静，从不张扬。我从未这么近看她的脸，那浅浅的一笑，那略带羞涩的表情，像一只美丽的梅花鹿，突然闯入我心中那块从未有过花开的禁地。

心里总有一圈儿柔柔的波在荡漾，目光不由自主地被她牵引了过去。课间，阳光从窗口射进来，照着她光洁的额头、小巧的鼻子，她的笑颜像绽放在阳光下的白玉兰，灿烂，纯净。她像一个美丽的深潭，令我眩晕却又深不可及。

校门口有个小池塘，初夏，满塘的荷叶长得葱葱茏茏，荷花还没开，淡淡的荷叶香晨雾般弥漫开来，在我的心底舒缓地流淌。我想起徐志摩的一句诗，"最是那一低头的温柔，恰似水莲花般的娇羞"，写的正是她啊。恍然间，我看见梳着乌黑长辫的她，浅浅一笑在田田荷叶间，荷花般娇美，近了又远去，流水一般。

这本不是爱的季节，可我已不能自已，思绪如拧不紧的水龙头，点点滴滴。那淡淡的荷香，令我千回百转，魂牵梦萦。夜，月华如练，我挨到最后一个离开教室，把一封信塞进她的抽屉。那一夜，我快乐无比。"百年修得同船渡"，我们是历练了多少年的修行，才修得如今的同窗一载？想到下半句"千年修得共枕眠"，我便有些痴迷了。即便是男耕女织，即便是寒窑苦守，她也一定是最贤淑的妻，而我，也有冲天的豪气让她锦衣玉食。

第二天，我的书里多了张信纸，只有一句话：等待花开的时候，静静地，不要言语。是她的字迹，诗一样的语言，没有承诺，亦没有回绝。

后来，我有机会问她，是否原谅当年那个莽撞的男孩儿？她淡淡一笑，说，当时无论她承诺还是回绝，都会影响我的心境，从而影响我的高考，所以，她反复斟酌，写下了那句话。

多少年了，记忆的原野上，芳草自离离；而她，却一直如宋词里的女子，温婉、含蓄、温暖在我的记忆深处。

火，将我们温暖地包围

这个世界，寒风吹彻，大地寒冷遍布。但有火的地方，温暖就将我们包围。

◎查一路

火，披着动物华丽的皮毛，人们伸手烤火的姿势，像抚摩。

干冷的罡风拥挤在窗外，觊觎室内的火发出的光亮。当风从缝隙中钻进来，火苗像眼镜蛇听到了印度艺人的笛声，灵活的头部摇曳不定，起舞翩跹。

围坐在火炉边，静静地想一些事，任窗外漫天的雪花飞舞，享受一个季节的馈赠。这个世界，寒风吹彻，大地寒冷遍布。但有火的地方，温暖就将我们包围。火有无穷的威力，能够融化最坚硬的钢铁；而外表却有着温柔的形式，散发出天鹅绒般的光泽。世间没有一朵花儿比火苗更美丽和富于变化。法国女作家科莱特说："它像一束粉色的牡丹，在炉子里零乱地不停地开放着。"

大雪纷飞的冬季，烤火成为一个甜蜜的词。室里有了火炉，沉沉欲睡的孩子们顿时围绕火炉跳跃起来，像欢快的小动物。火光映照着父亲的手，干裂枯瘦得像根雕，当他将一只白薯埋在火炉的心里，所有在劳动中积攒的辛劳，此刻转化成歌声，慢慢酝酿在火中，随着白薯冒出的白气升腾。火光驾着岁月的羽翼飞翔，在那一刻，所有悲欣、所有劳苦都被幸福烘烤。

火炉边，是精神想象的天地；火光中，能看见燧人氏那张古朴的脸。想象冰雪中的世界，一点点浑圆臃肿，走狗增肥，屋舍变矮；想象白雪皑皑的山下，森林的隐秘中心，守林人木屋的亮光，以及木屋四壁张挂的兽皮；想象春天将至，山谷流淌清亮的溪水……

火，给贫寒的人更多的恩惠。那些在寒风中呼号奔走的人们，那些为了生活在寒冷中苦苦挣扎的人们，他们被生活剥夺得干干净净，没有室里车内的空调、身上的裘皮大衣。只有火委身于他们，火苗忠实地追随粗糙的劳动的手掌，温暖沁入苍凉的心。火苗召唤着身心寒冷的人："来吧，烤烤吧！"

此刻，我坐在空调房内，温热让我脱下外套。但是，我知道，窗外就有寒冷。我想到了火，也只有火能够给予世间的人们平等的温暖。想到这里，我眼含热泪，心中也得到了一些安慰。

没有什么比跳动的火苗更神奇、更富魅力。在冬季，火待人亲切，又魔法无边。二十年前的那个乡村小学，我在玩耍时掉进了结着薄冰的水沟，顿时感到了寒冷和恐惧。接下来，我不知道母亲如何对我进行惩罚，也不知道下午如何上学，因为我只有一条棉裤。母亲生了一盆旺旺的火，烤干了棉裤和我脸上为逃避惩罚流下的泪。我闻到了一股香味，母亲说，火烤任何东西都会发出香味。

冬日里，只有火和母亲，待人最好。

一角月光

月光是淡黄色的，不是那种清清冷冷的白，
淡淡的黄色里透着流畅、柔软，让我想起
了乳汁的颜色。

◎徐敏丽

坐在窗前上网，因天热开了一扇小窗，窗帘只拉上了一半，把开窗的那一半留了出来，微微的凉风不时从敞着的窗子吹入，感觉燥热少了许多。

在网上也只是闲逛，暂时还没有发现特别的精彩，忽然感觉目光的左上方有一圈圆圆的含蓄的光亮，不禁抬头去看，霎时有些心动。是月亮，一轮半圆的月亮，正好镶嵌在那扇敞开的小窗子里，就那么静静地、柔柔地注视着我。月光是淡黄色的，不是那种清清冷冷的白，淡淡的黄色里透着流畅、柔软，让我想起了乳汁的颜色。人们常爱的是满月，可今天这缺了小半边的月亮仍让我不忍侧目。我知道它已经走了不只千年，"江畔何人初见月？江月何年初照人？人生代代无穷已，江月年年只相似。"它看过了人类能够看到的一切，经历了人类能够经历的一切，却丝毫不显苍老的痕迹，它包容、包涵、平静地收复生活的印迹，转身仍以淡定、从容的目光俯视众生。

　　小时候在家乡的土炕上睡觉，夏天家里很少拉窗帘，偶尔一次半夜里醒来，会一下子被满屋清凉的月光惊住，而那月亮或盈或亏，都一样斜挂在窗外默默凝视着我。尽管它宁静、安详，不发一点儿声响，我还是认为是因了它的呼唤我才从睡梦中醒来。而它的本意是不想惊扰我的，就像母亲欣赏婴儿的睡姿，是一种源于爱的下意识的行为。孩子醒了，她反而会为自己的行为被发现而感到羞怯，还以一个不自然却迷人的微笑。那月亮也因为我的醒来而开始慢慢游走，光亮越来越不清晰，我也不知何时又沉沉睡去。

　　我想今晚的月亮仍是我儿时悬在家乡老屋窗外的那一轮吧？不知它是否还记得曾经在半夜里窥视过它的我。

　　就那么看着、想着，那月亮竟也慢慢移出了小窗的一角。没有去看时间，我关了电脑上了床，在合上窗帘的瞬间月光消失了，可我知道它已经印在了我脑子里，刻在了我心里，也一定会出现在我梦里。

凳子上的远望

母亲常常在门边洗衣服、做针线；我则坐
在凳子上远望着天，也远望着远处大路上
的行人和那棵很高大、很孤独的老槐树。

◎王吴军

小时候，我喜欢把一个凳子搬到我家的门口，坐在凳子上远望。

我家的凳子真高，比家门口的那块石头还要高。那时候，我要踩在那块石头上才能跨上凳子。

那时，母亲常常在门边洗衣服、做针线；我则坐在凳子上远望着天，也远望着远处大路上的行人和那棵很高大、很孤独的老槐树。

总是坐在凳子上挺累的，母亲说。母亲要我站起来走走。

母亲真高，她不用踩着那块石头就能坐在凳子上。我要快快长大，长得像母亲那样高，那时，我不用踩着那块石头就能坐在高高的凳子上了，凳子高，望得远。

后来，我就不坐凳子了。

后来，家成了我的老家。

后来，我每次回老家，发现凳子其实很矮，不必费力就能坐上去了，就像母亲那样。老家仍是旧房子和泥巴墙，老槐树依旧很高大、很孤独。

　　只是，母亲却矮了许多。

　　母亲坐在凳子上，像小时候的我。母亲对我说："凳子高，望得远，娘想你时就坐在凳子上远望。娘老了，娘盼着能时时望到我的儿。"

　　我听了母亲的话，含泪看了看母亲，又看了看那个凳子，默默无言。

爱你一只耳

从此，我就喜欢上了这只耳朵，喜欢看它
怎样在羞涩中发红，喜欢看它细腻精巧的
样子。

◎查一路

他身材矮小，老实木讷，是那种一说话脸就红的男人，而且在
他的身上也看不出有惊世才华被埋没的迹象。而她亭亭玉立，纵使
洗尽铅华，依然有天妒的红颜。他们的结合，始终让人看不懂：上
帝怎么将这两块不相称的泥捏到了一起？

他们是大学同学，从毕业结婚到现在，时光已流逝了二十年。
二十年里，他一直像个孩子，仰着脸傻傻地问："搞不懂！你爱我
什么呢？"她便逗他："你才华横溢啊，你英俊潇洒啊，你是太阳
神阿波罗啊，你是黑马王子啊！"这不是真的，可是他迷茫的脸上，
常常会因为这些甜蜜的谎言浮起丝丝满足。

那是在即将去母校参加校庆的前夜，他恳切地问她："你当初
为什么选择我，我得对昔日的同学有个说法呀。"她认真地想了想，
便问他，可曾记得二十年前刚进大学的第一次聚会。

那是他终生不能忘怀的。当时他就坐在她的身边，他忸怩、不

安，表现得极其糟糕，不像城里来的学生，在女孩子面前侃侃而谈。尤其令他不能原谅自己的是，笨手笨脚的他竟然在续水时，慌乱中将水瓶的木塞掉到了她的茶杯里，引起哄堂大笑。而他则羞得再也没敢抬头看她一眼。

他俩都还记得，当时有位同学说了句令女生很尴尬的话。在场的男生为了显示自己的见多识广，竟能借题发挥，不敬之语滔滔不绝。

只有他一个人低着头，独自默默地难为情。

现在，她笑了起来。

当时你侧面对着我，你的那只正对着我的耳朵，红得像一片火烧云。当时我就注意上了它，耳朵的结构原来可以那么精巧。从此，我就喜欢上了这只耳朵，喜欢看它怎样在羞涩中发红，喜欢看它细腻精巧的样子。当然，最后，就离不开耳朵的主人啦！

一只男人的耳朵会因为羞涩红成那个样子，这是她不曾想到的。从那种尴尬的红色中，她想到了诚实和纯洁，或许还有真挚与温柔。不过这层意思她没有说出，怕他会因此得意忘形。

每个人都有自己赢得爱的方式。他的耳朵再一次红了，不过这次是因为满足。他有一只骄傲的耳朵，走到大街上他也不再自卑。就这只耳朵，让他不战而胜，击败情敌无数，收获了一位让自己为之骄傲的女性一生的情感和美丽。

怀抱太阳的月亮

那一刻，我突然觉得，母亲便是那怀抱着
太阳的月亮。她的一生都围着太阳转，而
她生命中的太阳，是父母，是丈夫，是子女，
却不曾是自己。

◎叶轻驰

对于月亮，母亲有一种特殊的情感。

母亲读过大学，在那个年代算是少有的女知识分子。文人爱月，女文人更爱月，这点在母亲的身上印证无遗。从年轻时起，一到晚上，母亲喜欢坐在院子里，身边点一盏煤油灯，手捧一本书，在一地月光中静静地沉迷在书的世界里。

可后来，母亲终究没能圆自己的梦。母亲的梦想，就是到一个山清水秀的小村庄中教一群可爱的学生，每晚都能沐浴在山野的月光中。可毕业那年，外婆生了场大病，身体从此三天两头地出问题。外公去世得早，外婆膝下仅有母亲这个独生女。无奈，母亲放弃了梦想，回到城里教书，陪伴在外婆身边。

一样的月亮，只是城里的月光少了些纯净，多了几许嘈杂。对于母亲来说，这是她一直引以为憾的事。

在那个时代，家家户户都是儿女成群，唯有母亲家里竟只生了她一个。可每次说起这事，外婆总带着骄傲的神情说，自己只生了一个，却比别人家的成群儿女都管用！确实，母亲至孝，将外婆照顾得无微不至。

后来母亲嫁给了父亲，她将家里打理得井井有条。父亲身体本来不好，在母亲的细心调养下反倒日渐好了起来。有一段时间，为了让父亲专心工作，母亲还请了长假，专门照顾父亲的生活。之后，在母亲的支持下，父亲的工作渐渐出了成果。别人家的老夫老妻三两天头吵架，可父亲和母亲生活了大半辈子却不曾红过脸。父亲不善言辞，可每次和旁人提及母亲，脸上总是难掩的幸福。

再后来，有了姐姐和我，母亲肩上的担子更重了。从小到大，在我的印象中，母亲如那温柔的月光，照拂着我和姐姐的成长。在那个物质并不丰裕的年代，每次单位发了东西，母亲总是先分出奶奶和外婆的那一份，然后是父亲和我们姐弟的。轮到母亲时，便所剩无几。

母亲是个传统的女人，一生为了父母、丈夫和子女，却甚少考虑到自己。其实，如母亲这般的女子，在很多家庭中并不少见。也许，母亲的心都是一样的。

有一次，见到母亲坐在阳台上，在月光中微微眯着眼睛，一副陶醉的样子。那一刻，我突然觉得，母亲便是那怀抱着太阳的月亮。她的一生都围着太阳转，而她生命中的太阳，是父母，是丈夫，是子女，却不曾是自己。也就是在那个时候，我突然明白了母亲的月亮情结。母亲对月亮情有独钟，也许正是因为在月亮中，她看到了自己的人生。

　　中秋节临近了，这是母亲最喜爱的节日。我想，今年的中秋节，应该让我们几个子女做那个怀抱着太阳的月亮。而母亲，才是我们生命中应该拥抱的太阳。

土楼听雨

故乡的夜雨，是在农人劳作中爆发，在我
惊恐与陶醉中倾泻，在安详和温馨的夜里
停歇的。

◎赖广昌

我是个喜欢欣赏夜雨的人。

这十多年来四处漂泊，听过罗湖口岸喧嚣的夜雨，听过秦淮河
畔迷醉的夜雨，也听过皇城根儿脚下沉闷的夜雨，更听过浦江两岸
斑斓的夜雨。与故乡的夜雨比起来，这些都市的夜雨显得那么烦躁，
隆隆的马达声，熙攘的人群，憋闷的空气，闪烁的色彩……破坏了
雨夜的意境。

记忆中，故乡的夜雨是纯净的，是勃发的蓄意与造势，是野性
的宣泄，是宣泄后处子般的安详，是安详中的奶奶的摇篮曲、妈妈
轻抚的手。

每当夏天的夜幕降临，阵阵山风掀起对面山坡上的婆娑竹林、
参差灌木、挂在灌木上披头散发的藤条，它们在风中如受刑的奴隶，
被折磨得东倒西歪，却又顽强地抵抗着、挺立着。

远处高山上的瀑布，此时再不是匀称的潺潺声，而是忽远忽

近、忽高忽低，时而从正面传来，时而又从身后飘进我的耳膜。

惊瑟的飞鸟扇动着翅膀在空中原地打转，哀鸣几声只好调转方向。刚才还像出阁前的新娘般的土楼，瞬间也变得有点儿仓皇，奶奶们急急收起竹竿上的衣服，母亲们把晾晒在谷箪里的稻谷收起，不远的山坡上那条弯弯曲曲的石路上，依稀可见一个穿蓑衣戴斗笠的阿公，一手扶正肩上的犁耙，一手执着竹鞭，赶着水牛急急地下山，偶尔还能听到他隐隐约约的吆喝声。

窗外已经漆黑，雨从南窗扑将进来。心中庆幸这土楼带来遮风挡雨的坚韧和结实劲儿，一丝感恩祖德的念头倏忽而过。而此时，雨带来的风，清凉凉而甜滋滋的，夹杂着泥土和花草的味道。

风从楼顶扫过，屋瓦嘶嘶作响，雨点儿拍打着瓦片，哗啦啦一片密集响动，再也不肯停歇，起先还像是谁撒下大把沙粒，而后却像是被覆盖在厚厚的雨帘之中。夜色已深，整座土楼点着灯光也像笼罩在了黑雨的世界。

雨水顺着瓦沟，像山洪暴发似的拼命地泻到楼下的天井里。忽然一道闪电趔趄而过，把整个村庄照亮。瞬间，我看到了山上那棵大树，窗前那几座矮小的土楼，连一块一块的瓦片都能看得清清楚楚。雷声猛震的时候，房间里的木板晃动，心被震得悬在嗓子眼儿，想大叫一声而未能够。这时，远处近处的狗们倒汪汪地齐吠，鸡室里的鸡们也打起了"嘎嘎"，我想它们倒比我能表达真实的感受。蓦然间，还能清楚地听到，屋顶边松动的瓦片啪的一声掉在地上……

雷声过后，风小了，夜又静了，雨也温和了许多。雨点拍打着芭蕉叶，滴答滴答……

故乡的夜雨，是在农人劳作中爆发，在我惊恐与陶醉中倾泻，在安详和温馨的夜里停歇的。

母亲的檀香木首饰盒

那份亲情，是母亲生存的全部信念和人生
的养分。

◎积雪草

母亲有一只檀香木首饰盒，小小的，长方形，有一本书那么大，上面像浮雕一样凸起层层的花饰纹路，深紫红的颜色，亚光的漆面，看上去古色古香，精巧雅致。

母亲一直像宝贝一样珍藏着这只首饰盒，把它藏在家里柜子的最底层，轻易不会拿出来示人。从她记事的时候起，看到母亲抱着首饰盒发呆有三次，每次都是夜深人静的时候。

她第一次发现母亲有这样一个宝贝是六岁那年。那天晚上一觉醒来，她有些害怕，光着小脚丫就往母亲的房间跑，却意外地看见母亲对着一只好看的小盒子发呆，眼圈红红的。那两年，家里穷得家徒四壁，还时常有人上门讨债，母亲愁得整宿整宿睡不着；吃过槐花玉米面做的糊糊，也吃过榆钱玉米面做的糊糊，日子清汤寡水没有滋味。母亲看见她探头探脑，吧嗒一声把小盒子关上，放回柜子里。第二天，她趁母亲不备，偷偷地翻出那只首饰盒，令她大失所望的是，那只小盒子竟然被母亲用一只指甲大小的金黄色的小锁锁住了。也因此，她对这只木头盒子里的内容更加好奇了，是钱还是水果味儿的糖呢？

第二次看见母亲对着那只檀香木的首饰盒发呆时，她已经十六岁了。那年父亲因为一场大病住进了医院，家里变得清冷静寂，仿佛山雨欲来的那种惨淡。母亲每天把小米粥熬得浓香四溢，配上精心制作的小咸菜，让她给父亲送去。父亲住院，不但花光了家里所有的钱，而且母亲天天跑出去借债，看人家脸色。有人说风凉话，都快不行的人了，花那冤枉钱干吗？母亲回到家里，对着那只木头盒子发呆，暗自垂泪。她没好气地对母亲说："天天对着那只破盒子唉声叹气，都什么时候了，如果是钱，赶紧拿出来送到医院；如果是首饰赶紧拿出来变卖了呀，还等什么啊？救命要紧！"母亲白了她一眼，把那只盒子放回原处。

第三次看到母亲紧紧地抱着那只檀香木的首饰盒，是她二十六岁那年。那年，她认识了一个男人，要做新嫁娘的前一夜，母亲拿着她亲手做的红绫被、锦缎褥，唉声叹气。她拥着母亲的肩，故意笑嘻嘻地说，女儿只是嫁人而已，嫁了人还可以回来看您，干吗这么伤感？高兴点，笑一个给我看看。母亲咧咧嘴，勉强笑了一下，转身去柜子里抱出那只首饰盒。母亲说，这只檀香木的首饰盒是我母亲的陪嫁，我结婚的时候，母亲送给了我，现在我把它送给你，算是陪嫁。

她抚着那只光洁雅致的首饰盒，心跳如鼓，莫名其妙地慌张起来，盒子里的内容让她猜测了多年，谜底现在要揭开了，她的手心竟然湿漉漉的，难道母亲要把她珍藏了一生的宝贝送给自己？

母亲轻轻地打开首饰盒，里面只有两张已经泛黄的两寸照片，一张是外祖父，一张是外祖母。

谜底揭开，让她唏嘘不已，曾经多次被猜测成金银饰物、古董宝贝，原来不过是两帧小照。

一直以为，母亲是山，是海，是树，可以依靠，可以包容，坚强无比。原来母亲也想念她的母亲，母亲也有软弱的时候，家中每次遇到重大变故的时候，母亲都会把这两帧小照拿出来看看，看了照片，她就会变得坚强。无论遇到什么难关，她都会顺利渡过。那份亲情，是母亲生存的全部信念和人生的养分。

这一刻的疼，温暖你一生

我的一双早已长大了的手，却抓握不到爷
爷那粗糙的双手，只留下满握的温暖，是
爷爷曾经给我的疼。

◎王　香

深冬，厚雪，无风。

炊烟袅袅地飘，弥散在粉红的朝霞里，亦如《诗经》里飘出的
那一缕缕情思。

踏雪而行的人们，穿着厚重而温暖，心态安然；呼着热气，小
心慢行，怕踩疼了雪。

天空好蓝，世界好安静。

老爷爷推着自行车慢慢地走，是怕摔疼了孙女。穿红羽绒服的
孙女坐在车后座上，红线帽捂得她只露着双亮亮的眼睛，却举着戴
了厚而俏皮的白兔手套的手，边拍边喊："大雪！白雪！白雪！大
雪……"双脚还踢着车子，震得枝头上的雪团儿闪着凛凛的光泽，
无声地纷落，喜鹊也从枝头呀的一声打着弧线飞走了。

昨天化了一部分又被冻了一宿的雪地，格外打滑。爷爷握紧有
点儿抖动的车把手，脚下迈得更仔细，不敢回头，嘴里轻呵着："坐

好，坐好，别摔了！手套戴好，别冻着。冻坏了可怎么上学哟。"

"爷爷，我戴着呢。你怎么忘戴了呢？冻坏了可怎么送我上学哟！"女孩儿学着爷爷的腔调，稍稍安静了下来。

"我不冷，爷爷抗冻，不用手套。"

"冻得疼吗，爷爷？"

"不疼。你坐好！戴好手套啊……"

女孩儿的红，爷爷的灰蓝，慢慢地消失在白皑皑的雪里……

校门口的女孩儿举起手，用毛茸茸的小兔子和爷爷说"拜拜"。爷爷疼爱地注视着，久久没有离去。

女孩儿，可知道，这疼将温暖你一生。

因为，这温暖一直在我心里。

也是儿时，也是隆冬早晨的雪地里。只是那时，没有小手套捂住我的小小手。脚下穿的，是那个年代里最享受不过的黄帮鞋。这鞋伴我走过了春秋———夏天是要打赤脚的，又踏在冬天的坚冰利雪上。要快跑啊，到爷爷家的热炕头上。不然鞋都冻透了，脚能不疼吗？手已经是猫咬了。

一冬里的白天，爷爷家的炕头儿上，总是捂着一床小被子，等待着那个冒了风雪扑进来的孩子，好伸进手脚去取暖。我家的热炕头儿，白天是不太热的，冬天也是，忙在队上的爸妈舍不得也没时间让那炕头儿像个热炕头儿。

于是，吃过早饭奔往爷爷家。在奶奶打理灶底的忙碌中，在爷爷笑眯眯的目光中，我如一条敏捷的鱼儿倏地爬上炕头儿。脚丫子捂在被底下，冰冷的小手捂在爷爷满握的手心里，如雪凉的小脸贴在爷爷温暖的脸颊上。我暖了，爷爷却疼了：

"噢，凉死我了，你这小淘气……"

我傻傻地笑着，知道呵呵笑着的爷爷心疼着我呢。

一晃三十多年过去了，爷爷的笑依然清晰，我的一双早已长大了的手，却抓握不到爷爷那粗糙的双手，只留下满握的温暖，是爷爷曾经给我的疼。

女儿，远在异地的南方求学。瑞雪纷披北国时，南方的枝头上依然有繁的花、硕的果。女儿想家了，想家乡的雪。电话里，偏要找爷爷，问的是雪，撒的是娇。接电话的父亲，笑语盈盈，说的都是孩子话。我知道，一份可以穿越时空的疼和历久弥新的爱，已跨过千里，飞临女儿的身边。

一句念，一握手，那一刻，那份疼，会温暖你一生。

天使也会老去

每个母亲都曾是孩子们的天使，但是，每个天使都会老去。

◎张军霞

外婆又来了，迈着细碎的步子，背着蓝格子的小包袱，银白色的头发，照例梳得一丝不乱。时隔一年，外婆又住到了母亲给她准备好的卧室里，一张小床，干净的被褥，新鲜的水果；午饭是韭菜馅的水饺，外婆吃了一碗后，拿出那些花花绿绿的药瓶，喝药。然后，她闲坐在胡同里，邻居们打招呼说："来啦？多住些日子！"外婆就笑："来了，多住些日子。"而后，又该吃晚饭了，饭后，我打来热水，外婆洗澡，上床，熄灯。

这是外婆第一天来我家的生活，而明天，除了饭菜的花样会翻新，一切都跟今天没什么两样。这样的日子将重复一个月，直到我的姨妈或者舅舅来把外婆接走为止。

两年前，外公离开人世，年事已高的外婆按照村子里的习俗，开始了在孩子们家轮住的生活。

母亲说，外婆年轻时非常能干，在她的记忆里，外婆总是坐在一架高高的织布机前，手脚不停地忙碌着；那些让人眼花缭乱的线，绕来绕去，变成了一匹匹美丽的棉布，由外公背到集市上，换回一家人的柴米油盐。

母亲还说，外婆爱干净，又极要强，一辈子不愿意麻烦任何人。

可今天，外婆要来麻烦她的孩子们了啊，不知怎么的，外婆拎着小包裹从一家到另一家的背影，总让我感觉莫名的心酸。母亲说，你外婆是个知足的人，儿女们都孝顺。

是啊，在农村，衡量一个老人是否幸福的标准，无非是看她丧失劳动能力以后，是否有房子住，是否愁吃穿，从这个意义上来说，外婆是幸福的。

如果不是那天夜里，一阵低低的、非常压抑的哭声，我真的也会以为，我的伤感是多余的。那是外婆的哭声，我轻轻地推开门，黑暗中，外婆正伏在被子上，花白的头发下，那张皱纹纵横的脸上满是泪痕。

"怎么了？"我急急地问。

"没事，我就是在想，老了，没用了，连个家也没有了！"

外婆的话让我潸然泪下，这个年近八旬的老太太，用她一生的辛苦养育了八个孩子，她曾经是每个孩子的天使，知道他们喜欢吃什么，饭量有多大，偏爱什么颜色，了解每个人的喜怒哀乐。然而，这些孩子们有谁认真地想过，没有了外公，外婆就没有了归宿感。我的舅舅、姨妈们都忙于生计，他们忙碌的脚步似乎总也停不下来。

母亲倒是很细心，外婆所有的衣服，从内衣到袜子都是她操办。然而，她还要操劳自己一家人的事儿，能坐下来陪外婆说说话的时间是那么有限。

一个月很快过去，舅舅来接外婆回去，天热，矮胖的外婆在舅舅的搀扶下费力地爬上公共汽车。滚滚车轮，载着外婆去流浪，没有人知道，那一刻的外婆心里在想什么。

　　我跟母亲说，除了衣食之外，我们还是应该做点儿什么，让细微的温暖直抵外婆的心灵。因为，每个母亲都曾是孩子们的天使，但是，每个天使都会老去。

不一样的花开

老去的是岁月，不变的是童真；逝去的是
时光，带不走的是怀念。

◎邢淑兰

任岁月在相似的日子里平添着白发，任时光在相似的流程里叠加着皱纹。

就这样了吗？任岁月瞌睡，任时光发呆，在相似的年轮里重复相似的悲喜。

想，想在相似的日子里找到不相似的感觉；想，想在相似的流程里体会不一样的惊喜。总有一些日子是新鲜的带着潮气的，总有一些喜悦是纯净的带着露珠的。

想，想一个人去看，看看那不一样的花开。

漫天的飞雪飘满了园子，椭圆形的篱笆墙在微风中低语。小姑娘踮着脚尖，呼吸着雪的沁凉，轻轻地轻轻地走向那裸露的石墙，墙边有一株被雪覆盖的花枝，她小心地凸出双唇，细细地细细地吹去累积着雪的花瓣，露出了枯黄的花枝。她站起身，眨动着满眼的惊喜，在无人的雪园轻轻微叹：哦，总算找到了你，夏日为我散发芳香的茉莉！

万物似醒非醒的时候，在百花尚打着哈欠的时候，有一棵小苗在墙缝儿里钻出。它蹑手蹑脚地成长，唯恐惊动了那一畦畦刚探出头的韭菜，唯恐惊扰了在墙边飞舞的彩蝶。它就这样摇头晃脑，诚惶诚恐地战战兢兢地成长着，长出了叶子，长出了横枝，居然开出了羞涩娇弱的花朵。

　　每当晨曦微露，小姑娘都会如约来到花前，欣赏着花开，等待着花落。当它把稚嫩的花瓣交给斜风细雨的时候，枝头竟然挺立着毛茸茸的绿豆大小的青翠色的果子。她每天都伸着手指清点数目，当它长到豌豆大小的时候，她已经背熟了每一个果子的位置，大大小小，共有98颗。98颗翠绿的小樱桃！她不禁笑眉舒展：哦，总算等到了你，我可爱的小小的樱桃！

　　站在高高的槐树下，脚下是晒热的屋顶。小姑娘踮着脚，她想摘下枝头最耀眼的那串槐花。低垂的树枝上挂满了槐花，一阵阵浓郁的香气直扑鼻翼，她被馥郁的槐香包裹，她想摘下开得最耀眼的那一束。她正了正竹竿上铁钩子的位置，勾住旁边的枝干，一用力，枝干没折，但是枝叶低垂了，她把竹竿费力地夹到腋下，腾出双手，摘下最眼馋的那串槐花。她一把撒开竹竿，任它在枝头悬挂。她仰躺在温热的房顶，把花朵放在眼皮上，让槐花轻抚自己的睫毛；她又把槐花放在鼻尖上，让槐香沁入肺腑：哦，总算摘到了你，我的槐香！

　　一排排杨树在晨曦中格外挺拔。晨雾飘散，娇羞的太阳还没有露出瓦房的尖顶。紧挨杨树的大路上洒满了一地红红的娇憨的杨树狗儿，它们横七竖八地躺着，一副不愿招惹人的懒懒的模样。

远远地走来一个姑娘，她好奇地看着满地的落红，欣喜地捡起了脚边最是毛茸茸、胖乎乎的一个。可是，这些杨树狗儿忽然像被唤醒的斗士，它们在这个清晨焕发了身上的灵气，用自己洁净、水润的身姿缠住了她的脚，一个个争先恐后地炫耀着它们红红的小脸儿、微丰的身段。姑娘捡起一个又捡起一个，一个比一个饱满，一个比一个健硕，微带晨露的杨树狗儿弄湿了姑娘的衣襟。她站起身，向远处望去，一股甜蜜的细流柔柔地在心间奔涌：她想他，她想见他，在这世上她有了自己心爱的人呢。

　　她打定主意，要把这一兜"宝贝"送给自己心里最惦记的人。远处有高大的垂柳，垂柳后面便有她想念一世的恋人：哦，总算捡到了你，我要把我的最爱送给他！

　　老去的是岁月，不变的是童真；逝去的是时光，带不走的是怀念。

　　不要说，平凡的日子不会有太多的惊喜；不要说，普通人的生活不会有持久的心跳。

　　在重复的奔波里感恩枝头的第一抹新绿，在庸常的琐事里感念林间的第一缕晨曦；感受自己心里的惦记，感受独自关爱的惊喜，感受单纯无我的爱恋；感谢童年的小院，感谢屋顶的惬意，感谢美好恬淡的似水流年。

　　累了，倦了，就想想吧，一个人，想想那不一样的花开！

墨痕犹锁壁间尘

春光无边，景色宜人，沈园的景致美则美矣，却驱不散陆游心中的孤寂。

◎樱 枫

在南宋的一个春日，诗人陆游信步而行，不知不觉来到了沈园。春光无边，景色宜人，沈园的景致美则美矣，却驱不散陆游心中的孤寂。他想起了和表妹唐琬相处的那些日月，夫妻诗书唱和，感情深厚。然好景不长，唐琬不得陆母欢心，被迫改嫁，陆游自此在孤独寂寥中沉浮。

一阵清风吹过，送来了草香、花香，甚至夹杂着让陆游梦牵魂萦的伊人的体香。循着一路芳香走去，他看见了偕夫（赵士程）同游的她，她也看见了孤单落魄的他。

为表达对陆游的抚慰之情，唐琬召来一壶薄酒、几个菜肴置于亭间，赵士程、唐琬、陆游三人一并坐下，沉吟之间，浅斟慢酌，各揣一份心思在心头。

十年啊，十年，这久别的重逢，带来的不是欣喜，而是绵绵无尽的创痛。物是人非，陆游内心深处五味翻腾，又怎能不怅然神伤。醉意朦胧中，他且舞且吟，在园壁之上写下了著名的《钗头凤·红酥手》，柔毫一掷之间，早已是肝肠寸断，泣不成声。唐琬一双秀美哀伤的眼睛，深情地凝视着感伤不已的陆游，也提笔蘸墨，一字一句，如杜鹃啼血，和下了哀婉凄艳的《钗头凤·世情薄》。

沈园一别，唐琬再也难得强作欢颜，无眠的长夜和凄凉的角声，撩拨着她的满腹愁怨。一个风雨飘摇的黄昏，她用细巧精致的越瓷酒杯斟满琥珀色的黄酒，望着窗外的一树残花，醉卧病榻，郁郁而去。

十年离别后沈园深情的一瞥，在陆游的心中烙下了永难磨灭的印记。碧色绣襦，长裙曳地，秀美柔雅的唐琬啊，好在你的香魂还可以根植在多情才子陆游的心中、梦中。四十年后，诗人重游沈园，含泪写下《沈园二首》："城上斜阳画角哀，沈园非复旧池台。伤心桥下春波绿，曾是惊鸿照影来。""梦断香消四十年，沈园柳老不吹绵。此身行作稽山土，犹吊遗踪一泫然。"

诗人生前最后一年的春天，仍由儿孙搀扶着前往沈园并留下七绝两首："路近城南已怕行，沈家园里最伤情；香穿客袖梅花在，绿蘸寺桥春水生。""城南小陌又逢春，只见梅花不见人；玉骨久成泉下土，墨痕犹锁壁间尘。"

长歌当哭，情何以堪！在南宋的又一个春日里，一朵梅花飘然落下。隔着梅花，诗人陆游终究没能握住风中那双冻得通红的小手。

急行中丢掉的年华

急行之中，我们究竟将我们的青春丢在了
哪里？它是不是像融化的雪糕，滴落在阳
光炙烤着的柏油路上，来不及擦拭，便只
剩了轻微的印痕？

◎安　宁

　　很多年前，我还是一个小女孩儿的时候，常常穿着肥大的校服，趿拉着不跟脚的拖鞋孤单地走过马路，那时从没有想过，会有一个人曾像现在老去的我一样，用浓郁的嫉妒的视线，目视着我的远去。

　　那时的我，那样脆弱、羞涩、孤独，总希望找一个可以牵着自己的手，走过一段又一段寂寞年华的女孩儿或者男孩儿。我记得我曾为了找到一个一起去食堂吃饭的伴儿，而抛掉自尊哀哀地去求一个女孩儿，求她与我同行。但最终，我还是被她淡淡地拒绝。

　　总以为那时的烦恼无穷无尽，年少的臂膀，无力去将它们托起，所以神情忧伤，视线迷茫。而今隔着时光的玻璃看过去才知道，只是青春便足以让我值得珍惜，而那些细细小小的烦恼，不过是血管一样，游走在青春的肌肤之上，也正是它们，才让我走过的这段时光显出浅蓝、淡粉的迷人的光泽。

而今的我走在路上，看到那些逼人的青春，以无法阻挡的耀眼夺目的光芒射过来的时候，常常会觉得忧伤，还有羞涩。只是，这样的忧愁与年少时的我截然不同。我忧伤自己无法再像那个面容冷淡的少年，塞着耳机，旁若无人地浪费着大好的时光。我要为了许多人，为了那些虚无缥缈的荣光、职位忙碌，永不停歇。我需要时刻计算着时间，赶路或者见人。我再也不能够像那个悠闲的少年，用散漫不经意的视线掠过路边的风景。

而我的羞涩，则是源自我无力拯救的苍老。记得一次在校园里，我看到一个熟识的学生拥着自己的小女友，亲密无间地朝我走过来。就在我们相距还有几米远的时候，学生笑看着我，手却始终在女友的脸上温柔地爱抚着。视线相撞的那瞬间，我的脸突然红了，我慌乱地将头低下去，试图找到合适的地方可以安放。可是，我却发现，我已经被他的勇敢、从容与骄傲，弄到丢了最后与他对视问好的勇气。那一刻，我觉得自己名牌的衣衫，与他们素朴的校服相比，如此廉价且黯淡。

我在学校食堂吃饭的时候，看到附近中学的男孩子和女孩子，常常会下意识地与他们保持一定的距离。他们总是在食堂最中心的位置，任性地将桌子拼在一起；他们会大声地喧哗，会豪放地举杯，会在桌子底下，偷偷碰女孩子的脚，会放任地评说着天下大事。女孩子的脸上会涂着一抹鲜艳的油彩，指甲上满是怒放的花儿。有时候，她们也会素面朝天，只一件大大的套衫，一双白色的球鞋。可是，她们照样在男孩子面前有无上的吸引力，照样让角落里远观的我觉得羞愧。

我想我真的老了，我与许多上班的女子们一样，在焦灼之中将自己硕果仅存的一点儿年华，用昂贵的化妆品逼到无路可走的角落。最终，青春回望我们一眼，知道我们的急功近利，再无法容忍它们妖娆地绽放，除了消失，无路可走。

急行之中，我们究竟将我们的青春丢在了哪里？它是不是像融化的雪糕，滴落在阳光炙烤着的柏油路上，来不及擦拭，便只剩了轻微的印痕？是不是像爆米花或者可乐，黑暗中在电影院里不知不觉便被我们消耗殆尽？是不是如一件穿旧了的衣服，只因为它不符合审美的潮流，便被我们弃置一旁？

我始终寻不到答案。但我却知道，我是在对物质的一路狂追中，将它们丢在了一个再也找不到的拐角。

许久之后，一个有雪有阳光的温暖的冬日，我走过一个操场，迎面跑来一群男孩儿女孩儿，他们团着雪球，互相追逐喊叫着，兴奋的尖叫声几乎将那河上的坚冰给震裂开来。我站在那里，忧伤地看了片刻，正要转身离开的时候，一个雪球，无意中落入我的脖颈儿。操场上一阵坏坏的欢呼声，我看着他们天真无邪的笑脸，忍不住边抖落衣服上的雪花，边哈哈地笑起来，并朝他们嚷："嘿，坏小子，小心考试我让你们不及格！"

一个女孩子跑过我的身边，拿着相机啪啪地拍了一通，而后笑道："嘿，老师，就这样简单地笑下去，你会和我们一样年轻快乐哦！"

我在那一刻突然间明白，我那老去的青春，原来它并没有走得太远，它一路悄无声息地跟着负重的我，只等我像现在这样，回头，等它跑上来与我不再年轻的容颜一起，不离不弃地走一程，再走一程……

树 之 恋

藤条长进槐树里，树干也长进藤条里，汁
脉相通，肌理相连，你中有我，我中有你，
不可分离。

◎张佐香

　　书中说："草木繁茂则生气旺盛，护荫地脉，斯为富贵垣局。"据史载，乾隆八年至十年（1743—1745 年），清代著名诗人袁枚任江苏沭阳县令期间，为印证府邸龙脉之说，在府院中亲植紫藤、槐苗各一株，倍加爱护。

　　身为一株树，槐树费尽心力心智吸纳阳光雨露向着形而上的高度攀登，撑荫漾绿。绿翳覆盖着树冠，他的身上流淌着绿色的液汁。春去春又来，槐树长成了生机勃勃的美少年，每一枝每一叶都写满了年轻的梦想。

　　紫藤为了向高处攀缘，拼命地吮吸着阳光雨露。尽管狂风肆虐，风雨大作，但她竭力挺直腰杆，向上、向上、再向上……柔弱的紫藤向着槐树伟岸挺拔的身躯伸出了根须，心有灵犀一点通，槐树用坚韧有力的臂膀拥紧了她。槐树在生长，紫藤也在生长。槐树分权，紫藤也分权，数不清的根系纠结在一起，紧紧地缠绕在一起。藤条长进槐树里，树干也长进藤条里，汁脉相通，肌理相连，你中有我，我中有你，不可分离。

　　那真是一大段一大段快乐得如梦幻一般的幸福时光啊！他们如云的秀发缠绕在一起，炽热的根脉紧握在一起。他们用热烈而深沉的眼睛凝视着对方，互相欣赏，互相温暖。在彼此的守望中走过浮云，走过沧桑，在相互的支撑中共担风雨，共享虹霓。春来了，他们开始做加法。树冠上藤蔓中抽出了片片新叶，翠绿的叶片绿得鲜明，叶片很厚，仿佛是用绿丝绒剪成的。叶片上那淡淡的茸毛让人想起少男少女清新亮丽的面孔。一日，紫藤发觉身体内饱胀得有些异样。次日凌晨，粉白淡紫的花蕾洒满了整个花冠，一股清冽迷人的香气唤醒了沉睡中的槐树。他惊呆了，她正以前所未有的美丽向他微笑，每一朵优雅恬静的花瓣都灌满了对他的爱恋。她是为他而开的啊！过了些日子，附近的居民都惊叹起来："紫藤开花才几天呀，槐树紧跟着也开花了，真是绝配！"听到人们的褒奖，他兴奋地舞动着头顶上那串串淡白的小花，更加亲密地拥紧着一袭紫色长裙的紫藤。肃杀的秋风闯入了美丽的家园。一朵朵花儿枯萎了，一片片绿叶凋零了，他们被迫做减法，只剩下秃枝残臂。为了减轻她的痛苦，他像保护自己的雏儿一样伸展开所有的枝条，遮住她头顶的风霜雪剑。患难更能见证真爱。他对她说："有爱相伴，春天还会远吗？"岁岁年年，年年岁岁，他们共同谱写爱的恋歌。

　　斗转星移，二百多年过去了，如今展现在我眼前的古槐远不是当初的青春俊男。他不知什么时候已透风漏气，琼浆外渗，无声无息地死去了。但他依然雄风犹存，他那筋骨尽露的臂膀还紧紧拥抱着心爱的紫藤。他那庞然的树干有一抱多粗，树皮裂开很深很窄的小沟，那是虫子的家，有几只虫子正在荡秋千。紫藤没有像人类那样审时度势，见风使舵，另攀高枝，她依然全心全意地拥抱着古槐，从容地长叶，从容地开花，而且一年比一年长得茂盛，开得繁荣。尽管槐树已长不出新叶，但他的灵魂不灭，依然以枯干佑护紫藤，期望她好好地生活。他用永不熄灭的爱之光，照亮了藤花藤叶的前程。

我轻轻地拍了拍树干，问古槐：累吗？树回答：我感到很有力量。我问藤：苦吗？藤回答：既相依相守就直到天老地荒。哦，这是一场无怨无悔的生死恋啊！生生死死，死死生生，灵肉交合，相互依存。树的爱情真令我们人类汗颜，人类的海誓山盟似乎已成童话。我看到了一句关于爱情的定义：爱情是一个童话，相信它的人认为有，不相信它的人认为无。面对这句话，我想摇头，但又不得不正视残酷的现实。难道不变的恋情仅仅属于树吗？只有树在坚守。树啊，你在为谁坚守？抚摩着嶙峋的树干，我的眼睛渐渐湿润。

二百多年的时光过去了。二百多年的阳光已经深入了槐树与紫藤一生的年轮，照耀着他们漫长的一生。活着并且爱过，真好哇！

一勺勺爱的油星

母爱从来都是在尽力保持公平的，在有限的能力范围内，她的爱从无厚薄和卑微之分。

◎牧徐徐

一般来说，一个人一生之中最难忘或最温馨的记忆，往往都发生在处境最窘困之时，比如我。

儿时，家贫，加之我和大哥都读书，家里糟糕的经济状况日益捉襟见肘，导致的直接结果便是一年之中难得有好菜、荤菜上桌。我们最大的奢侈便是能在那些日日都见面的素菜里多看见些油星。

而对油星表现出明确的口馋欲望大概是在我七八岁时。当时我刚上小学，比我大四岁的大哥上初一，由于中学离家很远，中午必须在学校买饭吃，又因为学校食堂里的菜贵，为了省钱，大哥每天都用一个小瓶子从家里带菜去学校。

记忆中，大哥每天都起得很早，将头夜剩下的米饭用刚煮开的稀饭汁一浇，然后就着同样是头夜剩下的素菜吃下。最后，再将没吃完的素菜用一个小瓶子装起来带到学校去。此时，最诱人的莫过于当小瓶里塞满菜后，母亲从橱柜里舀出一小勺猪油来，均匀地洒在那些菜的上面。这是一种特有的优待，除了大哥能享受到，其他人一律只有看的份儿，羡煞了我和小妹。大哥曾偷偷夹了一小块洒了油的菜给我吃，那味道果真好得无法言说！于是，每次看到母亲舀猪油时，我都要在心里暗暗地发誓一次：好好学习，争取跳级，好快些上初中，享受同样的优待。

跳级没有成功。几年后，我按部就班地上了初中，此时的大哥已经考到外地去了。母亲把当年大哥用过的那个装菜的小瓶子，重新拿了出来，洗净给我。她像当年对待大哥一样对待我——在我将菜塞满小瓶时，从橱柜里舀出一小勺猪油，怜惜地为我洒上，那些泛着银光的滴滴油星，居然是母亲和家给我的最大慰藉和温暖！

当寒冬来临时，那些浇在菜上的猪油会凝固成一层白霜，如同母亲那日益增多的丝丝白发。我用刚从食堂打回的热饭，将它焐化成一粒粒晶莹透明的油星，散播在菜叶之间——在那个生活物资极度贫乏的岁月里，那些闪亮的油星成了母爱的全部注脚；而这种注脚也同样延续给比我晚几年上学的妹妹，直到我们都跳出"农门"，走向都市。

母亲以自己的不偏不倚，逐一诠释了她对每一个子女的深深爱怜，也使我懂得：原来，母爱从来都是在尽力保持公平的，在有限的能力范围内，她的爱从无厚薄和卑微之分。

生死寂寞

一个人如果爱另一个人到深处，就是生死
的寂寞，就是无论在天上还是在地下，她
都一样地爱。

◎木　槿

曾经，他和她有最美的时光。

康德曾经说过，所谓最好的时光，指的是永远不再返回的幸福
之感，因为它永远失落了。所以，只能用怀念来召唤它。

最美的时光，永远无敌，就像他和她曾经的年轻时光——那时，
他十九岁，她十八岁。他站在秋天淡蓝的天空、薄薄的云下，如一
棵挺拔飘逸的树。她幽素，如一朵清丽的小花。他们在一列火车上
邂逅相爱，从此缠绵悱恻，爱到以为今生今世永远不再分开。

她是江南女子，来自出产龙井的杭州。每年早春，她寄给他明
前茶喝，他起初并不爱喝茶，可是因为她寄来的茶，他迷恋上了那
淡淡清香的龙井。

他每个月从北方来看她一次。四年从不间断，时间有许多美丽
的羽片，毫无疑问，看她来的旅途中，应该是最美的一片吧？

那时他问她，我们可以有多久？

她说，一辈子。

她问他，你真的这样喜欢我吗？

他答：嘉会难再遇，三载为千秋。三年的恋情，他来来往往于杭州与北京之间，第四年的时候，她的态度有了转变。

他感觉到她的不同，每次来杭州都是她亲自来接，而且，见到他的刹那，总是羞涩地问他：想我了吗？这是第一句话。

但这次，她没有来接，说公司有事离不开。

见了面，也很淡，空气中传来尴尬的气氛。再过一会儿，她接到一个电话，跑到外面去说。他心里很难过，感觉到爱情渐渐稀薄，那次，他是醉着、哭着回北京的，那是他最后一次去杭州，临别时，她说："忘记我吧，请你忘记。"

他没问为什么，爱情到了冰凉的地步，还有什么可问？

那年冬天，他结婚，发了短信给她，她回短信说，祝福你。他在新婚夜醉酒，打电话给她，她不接，发来短信说"不便"。

次年春天，他依然收到她寄来的明前茶。

他打电话过去，她仍然不接，发短信给他说，喝茶就是了，你说过，我似这茶，清苦而淡香。

他无言，喝茶的刹那，眼泪就下来了。他仍然不能忘掉她。

这年秋天，他得了儿子，在单位里当了科长，日子慢慢地过着。因为忙，他渐渐忘记南方的她。

直到春天，她再寄来茶。

他不再打电话给她，仿佛她就是他的一个老友。清明前的龙井，果真是分外的清香，有凛冽的幽素，想必她也是结婚生子了？

七年之后，三十岁的他到杭州开会。

他发胖了，与妻子偶尔打打闹闹，也嚷嚷过离婚，可是他知道他舍不得，婚姻里有了亲情，再也舍不得了。小儿上了学，正学弹钢琴，他对生活的激情渐渐失去，可是，他总是会梦到她，虽然已经七年过去了。

到杭州时，天在下雨，他的心有些疼。

他打她的电话，七年了，她的电话一直没有变，他也没有变，变了，怕她再也找不到了。

此时，他想，他只是来看一个妹妹而已。

是的，当爱情没有了，或许开始还有恨，可是，谁能抵挡时间的侵蚀性？现在，他早就不恨她了，她离开他一定是有理由的，从前他一直有出差到杭州的机会，可他不来，他还恨她。

但现在，他不恨了，因为时光冲淡了那些恨。他在想她的好，恋爱时，跑到十公里之外给他买得月楼的包子吃，为他洗白衬衣，房间里到处是"84消毒液"的味道，她说："用'84消毒液'漂染过的白衬衣会很白。"这个小窍门，他后来告诉他的妻子，妻子也用这种消毒液漂染白衬衣，每次用的时候，他都会想到她。

还有他和她一起喜欢的曲子——马休的《布列瑟侬》。火车穿过黑夜里的森林，就像他当年奔向她。有一次在北京的东方新天地听到这首曲子，他愣在那里，一直听到整支曲子完了才离开，离开时才发现，自己的白衬衣上面有眼泪的痕迹。

这次来，他会请她喝茶，吃饭，谈谈孩子和家。是的，他已经不爱了，也不恨了，他只想把她当个故人，哪怕在一起发发呆也挺好的。

因为，青春里所经过的人，所经过的事情，必定是一生的朱砂痣。

他推开那熟悉的门，来迎他的是她的母亲，当年，她的母亲曾煮莲子粥给他们喝。看到老人，他叫了一声阿姨，心里就酸楚起来，她的母亲已经是满头白发！

"她呢？"他问。老人眼圈微红：七年前，她去了，怕你不肯再恋再娶，于是冷落你，她嘱咐我回你短信、给你寄茶，嘱咐我不要换手机号，怕你再也寻不到她。她说，她在天堂里也会祝福你。

那一刻，他惊得失了三魂，以她对他的爱，怎么会忽然变心？他是爱昏了，所以醉酒而去。却原来，这是一场生死寂寞，她在天堂，他在人间，她为了他的幸福，吞下了所有的苦。

她的母亲说，她料到多年后你会再来寻她，她说，你会把她当成亲人，那时你应该有的幸福已经有了，她在天堂里会知道的。

刹那间，他的泪水似洪水决堤，他哽咽到不能呼吸。他看到她屋内如旧，摆着她和他当年的合影，在樱花树下，她望着他。她曾经说："你会是我生死的寂寞。"到今天，他才终于明白那句话。

一个人如果爱另一个人到深处，就是生死的寂寞，就是无论在天上还是在地下，她都一样地爱。

电影《游园惊梦》云中问翠花：你最想要什么？

翠花说，最想要有人关怀我，惦着我，念着我。那是他们一起看的电影，她曾经说，我会惦着你，念着你。

她做到了。即使她已经不在人世。

他知道，他是世界上最幸福的男人，因为，他有生死寂寞的恋情，有一个人永久地这样惦记着他。

回来的时候，他在机场买了一本汤显祖的《牡丹亭》，买这本书，只因为这本书的第一句话：情不知所起，一往而深。

他的眼泪终于扑簌簌落了下来。

回忆之海

这是一个写满回忆的城，藏着我青春的古
迹和年华的泡沫。

◎羽清雪

　　这个困在内陆的城是一片安静的海。我悠游其中的许多岁月都
沉没在这里，透明而澄澈，偶然风过时泛起回忆的雪白泡沫。

　　幼时喝过的一碗油茶，在热气氤氲里抬眼望见外婆宠溺的眼神。
旧居的庭院里有高大的梧桐，夏季的夜晚，躺在树荫下听枝叶摇动，
安心地睡在绿意盈盈的梦里。石头铺就的小巷，高低错落，蜿蜒清
幽，缠绵雨后寻得见的细细芳草。

　　踩过石板桥去上学，一路追着两只雪白的蝴蝶，贪看那刀光剑
影的武侠剧，误了时辰只好从后门折入学校，气喘吁吁地溜进教室。
高三的最后一天，拉着同学的手踏遍校园每一寸土地，她站在松树
下笑着对我说："'昔别君未婚，儿女忽成行'。多少年后我们会
不会抱着孩子一起参加同窗会？"

　　如今已是沧海桑田。外婆搬进了新楼，街边寻不到一碗油茶，
学校旁河水踪影全无，一条宽阔的柏油路车水马龙，十里春风。可
是，我上班的路上不再有蝴蝶翩跹，童年如最美的梦，沉酣未醒。

这所中学依然赫赫有名，栏杆上枝蔓缠绕，红肥绿瘦。它的学生们散落四方各奔天涯。"人生南北真如梦"，我的同学们终于失散在人海。"故人早晚上高台，赠我江南春色一枝梅。"那位笑称要抱着孩子来参加同窗会的姑娘孤身远行，居然记得采撷一片午夜时盛放的昙花花瓣，把洁白素雅的一片夹于书页之间，不嫌烦扰地寄来。千里相赠，甚感盛情。

我学会用花花草草来标示友谊。用小小的没有墨水的笔尖在一枝枝的竹叶上抄了名诗旧句，待得风干后，便如印章里分明的阴刻。雪白的字藏在竹叶里，我的思念藏在心里。江南江北，故人珍重。

也曾跋涉过异乡的路，也曾穿行过别处的城，最后收留我的终是这座深植于生命深处的城。很多人离开，我还在这里。人与城互相牵扯着、包容着，交错之间总还有一点儿莫解的机缘。许多年的岁月过去，我释然漫步走回原地，在老地方看时间的倒影。波光潋滟，云影徘徊，在这个安静的海里渐渐将身姿站成一座小小的孤岛。

许多年的岁月过去，我还是孤身一人，赤足踏过茫茫深海；我还是孤身一人，走过四季风景，雪地里有忍不住的春天。这是一个写满回忆的城，藏着我青春的古迹和年华的泡沫。还记得年少时的梦吗？像一朵永远不凋零的花，陪我经过风吹雨打，看世事无常，看沧桑变化。

有人说，一个人心中真正的幸福，通常都是他还没有得到的或者他久已失去的。我细细数着过往，是不是因为已经失去太久？而世事如江湖，一波未平一波又起，在地老天荒之前，何妨温柔相忘？

指间锦瑟

　　锦瑟无端一指间，春去秋来，风云变幻。如百代过客，唯留记忆在天地间慨叹。曾经的悲欢离合、嬉笑怒骂都已化成浓浓的深情嵌入时光里，成了一段故事，成了一帧画面。母亲的日历上写满了清澈的记忆和古老的时光，提醒我们不要忘了寂寞的老街、童年的小桥和父亲的肩膀……

儿时的野姜花

乡下孩子，家里多的是花，每天带的应有
尽有,鸡冠花、大丽花、玫瑰、茉莉、栀子……
不胜枚举，可是，带得最多的是野姜花。

◎王　淼

几乎所有的花，我都喜欢。但白色的花让我特别钟爱。

莲、栀子、水仙、茉莉、小雏菊和野姜花等，它们素净雪白的
花容总给我冰清玉洁的感觉，而我对野姜花那份根深蒂固的感情源
自童年。这就是为什么那天学生送了我一朵野姜花，我就怅惘眼湿
良久了。

小时候，一直管野姜花叫"蝶花"。外婆家屋前小河畔上漫漫
的那一片野姜花，是我邂逅它们的开端。夏日南风起，远看它们临
水而立，或款款摇曳，或翻飞迷离，像极了轻盈飞舞的蝶儿，直到
一天，听到别人称它们为"野姜花"，这才好奇地去问外婆。外婆
拨开浓浓密密、狭长深绿的枝叶，指着几株露土而出的根部，说：
"瞧！那根不像姜吗？"我才恍然大悟。

野姜花的特点不仅在根部，它的花萼尤其特别。硬挺坚实的深
绿色花萼，层层相叠，真像陀螺，花苞就依着层层开展的形状丛生

密布，绽放时高低错落有致，给人繁花满溢的饱满感。而雪白的花瓣，在狭长深绿的叶片衬托下更白、更细致温柔。但是，细看起来，那花瓣真是薄如蝉翼，脆如蝶羽，如果不是坚硬厚实的花萼层层相护相撑，生命恐怕要脆弱短暂多了。因此，我常想那特别的花萼，乃是大自然神奇的创作。

真正爱上野姜花，是无数清晨的相晤。早先外婆住的村庄并没有供应自来水，喝的、洗的，除了用竹管接引山泉外，就靠河水了。那时，大清早的盥洗就在河边。贪睡的我，总是要等到表姐妹们三推四拉地才起身，睡眼惺忪地跟去河边。然而，说也奇怪，一看见河畔的野姜花，睡意竟然全消。看它们带着晶莹剔透的露水，在晨曦中昂然微笑，仿佛跟我们轻声道早安，精神立刻清爽明朗起来。而弥漫、游离在四周空气中的香味，幽远而神秘，更令人低回流连。因此，我总是洗脸洗得最慢的一个，表姊妹们老笑我没睡醒，她们哪知道我是贪恋那清香、那情境，舍不得走呀！

后来，我去河边散步的次数越来越多了。有时蹲下身子，小心翼翼地抚摩着那细致柔弱的花瓣，贪婪地嗅着那芬芳；有时在竹桥上坐下来，把赤裸的双脚伸入柔软沁凉的河水中，和野姜花悄然相对，或倾诉不欲人知的小秘密，或哼唱几首不成调的儿歌，觉得既孤单又丰富，既伤感又快乐。

就这样，一种温柔纤细的情感牵引着我。我觉得和野姜花之间有了默契和了解，甚至觉得这种日久滋生的情愫是可以天长地久的。

事实上，每当心灵濒临枯竭时，滋润我、丰沛我的，就是那条野姜花满岸的小溪。而回忆时，泪湿眉睫中的朵朵野姜花，使我重拾童稚的纯真和喜乐，更给了我无限的温存和力量。

童年时，常发现溪畔有被折损摧残的野姜花；小玩伴们扮家家酒，也喜欢拿它们当"烹调材料"，剁得碎碎的"端上桌"，我在一旁只有难过的份儿。长大后常想，是不是他们自幼生长在乡间，自然对俯拾即是的野姜花要淡漠得多。而我，一个偶尔下乡做客的孩子，不免格外珍惜都市里难得一见的野姜花吧！夜静时分，这种轻贱淡视拥有的，只珍惜难求的"人情之常"，仍使我惆怅唏嘘。

不管村童对野姜花有过什么样的"不平待遇"，年年岁岁，它们依旧从水源一路迤逦着开到下游——雪一样地白，雾一般地迷蒙。

行过河畔，感觉自己的心真是透明莹洁得纤尘不染。那时，我最喜欢外公外婆差我去摘野姜花回来供佛了，我们表兄姐弟们视这份差事为无上的光荣和喜悦呢！当我恭恭敬敬地把一捧野姜花插入典丽的瓷瓶供在佛前时，心中一片平静祥和。而对佛教所产生的肃穆、圣洁和崇敬的感觉，也经常和烟雾缭绕中供在瓷瓶里的野姜花联想在一起。

野姜花的气息不止在河畔、佛堂飘荡，也在我就读的小学教室里浅浅淡淡地荡漾着。老师规定每天的值日生要负责带花来布置美化教室，花就插入两面临窗墙上的六个竹筒里。乡下孩子，家里多的是花，每天带的应有尽有，鸡冠花、大丽花、玫瑰、茉莉、栀子……不胜枚举，可是，带得最多的是野姜花。上课时，阵阵清香伴着琅琅的读书声，那情景、那气氛是多么令人陶醉啊！

离开故乡十多年了，童年玩伴各散东西，村中人事也代有兴衰。偶然回去，却见野姜花仍开得雪白浪漫，仿佛人世间的沧桑都与它们不相干。

午夜梦回，不禁要问：如何在不可捉摸的尘世命运中学那野姜花，忘情人间，坚持那一脉馨香和素淡呢？

抚摩，是一种幸福

但是，今生无悔的抚摩，让她终于无所畏惧地微笑，即使升上天堂，她亦会是富足而幸运的女人，因为她一直以来都拥有爱，拥有抚摩和被抚摩的福分。

◎何　竞

九岁。她噘着嘴回家。忙于家务的妈妈，一直到晚上入睡前才发现女儿的异常，平日叽叽喳喳的她今天话特别少，拥有一种与年龄不符的沉默。妈妈温柔地询问孩子："宝贝，你怎么了？"

她赤足跳下床，从书包里拿出一张报纸递给妈妈看，稚气地问："妈妈，什么叫'皮肤饥渴症'啊？报上说缺少抚摩的孩子会得这种病是不是？妈妈，我可不想生病呢。"妈妈怔了一下，橘黄的灯光下，妈妈撞见了女儿充满期待的眼神，她摊开手指，看看自己两手，因为长期在工厂做工、操持家务，她的手就像锉刀一样粗糙。但妈妈无法回避女儿的热望，即使迟疑着，她也颤颤地将手指落在了女儿幼嫩的脸颊。啊！她忽然发出一声尖叫，妈妈手上的小毛刺刮得她脸颊好疼啊！母女俩目光相对，都像一只受了惊吓的小动物。妈妈尴尬地把手藏到背后，抱歉地垂下头去。从此，她再也不说什么"皮肤饥渴症"。

十九岁。她削葱般的手指，第一次被男孩儿握住。那个男孩儿也有初次心动的紧张，握得她好疼好紧，手心都渗出密密的汗珠来。为了掩饰窘迫，男孩儿提议：我为你看手相吧？她含羞低头，巧笑如花：好。于是，男孩儿汗津津的额头几乎触到了她掌心，煞有介事地看她零乱的纹线，好像窥视她此时兴奋又忐忑的内心。他的手指，从爱情线慢慢滑入了生命线，然后蜷起手，把她细嫩的手紧紧包裹其中。她的面颊终于升腾起两朵大大的红云。

二十九岁。她望着摇篮车里的宝宝幸福甜笑。哦，孩子真是上帝赐予我们最好的礼物，宝宝白藕般的手臂、粉嫩的小脸、胖嘟嘟的小屁股，都有着多么柔嫩的肌肤啊！她忍不住抓住呵呵笑着在床上扑腾的儿子的小脚，轻咬一口。正午阳光透过窗帘柔暖地照射进来，母子俩都开心得傻笑不止。忽然，像被什么噎住了，一些破碎的画面重新窜入她的记忆。那年那月，她还只是一个不懂事的小姑娘，渴求得到母亲的爱抚，但是，妈妈粗糙的手吓坏了她，她大呼疼痛，迅速逃离了母亲的怀抱。从此之后，妈妈再也不敢轻易拥抱、抚摩女儿。她是到了二十年后才懂得的，母亲的手粗糙也好，柔嫩也罢，它给予孩子的都只会是浓浓爱意。当自己尚是襁褓婴儿时，妈妈也曾这样细致耐心地抚摩她每寸肌肤，给她滴滴爱意吧。既然如此，她又有什么理由怪怨自己会得"皮肤饥渴症"呢？

三十九岁。儿子在学校闯了祸，打伤同学，老公又恰好出差在外，她不得不去学校领人，丢人现眼，带他回家。这一年时间，单位竞争上岗优化组合，她听人讲，年龄尴尬的她也在"危险行列"，老公又总是出差，即使累到哭都找不到一个可以依靠的肩膀，儿子还这样不听话！她实在气不过，心里堵得太厉害，刚回到家，一个耳光就直直地扇了过去。打了儿子，手掌却钻心地疼，她蹲下来，数日紧绷的神经似乎一下子断掉，捂住脸，她无助地号啕大哭起来。一分钟，五分钟，十分钟……哭得正酣的她，忽然感觉到一阵温暖摩挲，在她的手臂和头顶，一团毛茸茸的东西紧贴着流泪的她，轻轻移动。她止住哭，困惑地睁开眼，却看到儿子的头正拱在自己头上、身上，儿子也在哭，一边哭一边道歉：妈妈，我错了！这一年，她诸事不顺，双手也不再遵循少女时代复杂的保养程序，马马虎虎买一瓶百雀灵，却用了整整两年都没用完。但是，就是这双饱经生活摧残的手抱紧了儿子温暖的小身体，抚慰着他刚刚挨过打的委屈。在那一刻，她忽然有了战胜一切困难的勇气。

　　四十九岁。儿子大学放寒假回家，带回一个如花似玉的女朋友。她第一次感慨道"老了"！当儿子比自己还高一个头时，出去逛街，不再是她牵着他，而是高大帅气的小伙子牵着妈妈了。她很没出息地躲进厨房洗碗掉了眼泪。在家里待了几天，儿子提出想陪女朋友去她家过年，她听了，内心更是酸涩无比，但为了儿子高兴，又不便说什么。在送小情侣离开时，她舍不得，忍不住细细抚摩着儿子的脸颊。二十岁的男孩儿已经懂得羞涩，但他仍旧直直站着，红着脸，任由妈妈的手指从他挺拔的剑眉，抚摩到高直的鼻梁、瘦薄的双耳、紧抿的嘴唇。他原先是有些尴尬的，但当母亲喃喃道"你是我一生之中最骄傲的一件作品"时，儿子的泪在母亲的抚摩下颗颗晶莹地绽放。

五十九岁。她和陪伴自己半生的男人一起坐在金红的夕阳下，他们闲散地谈论一些共同关心的问题。比如老年大学、高血压、太极拳、降脂蔬菜和孙子趣事。说着说着，他突然深情地回过头来，对坐在身旁摇椅上的她粲然一笑。然后，他握紧了她的手，像十九岁那个风清月白的夜晚，他的手指轻轻滑过她细长的爱情线，然后转入脉印深刻的生命线，再然后紧紧握住，捂在掌心，他说："来世我还要你当我的妻，好不好？"她在这样的抚摩中，泪光盈盈，但并不允许它们掉落。她已经生病大半年了，剩下的时光，恐怕只能用分秒来计算。但是，今生无悔的抚摩，让她终于无所畏惧地微笑，即使升上天堂，她亦会是富足而幸运的女人，因为她一直以来都拥有爱，拥有抚摩和被抚摩的福分。

荷 花 枕

心疼自己爱的人，有时就是心疼自己，多
疼她一些，自己就会少心疼一些啊。

那年，他是英俊潇洒的男孩儿，周围有很多女孩子追求他，他
也确实有资本，良好家世，海归经历，还有那张让女孩子迷恋的桃
花脸。

迷恋他的，包括她。虽然她平凡得似海里的一滴水，容貌一般，
只是高中毕业，公司里的临时人员，可谁又能阻挠她的喜欢？

也常常和他们一起去玩，他周围的女子大多艳丽如花，而她，
布衣素裙，干净着一张脸，静静地笑着看着他。他一直没有太把她
放在心上，周围的女子哪一个也要比她出色。

她不是没有表示过好感，比如，偷偷给他放一瓶滴眼液。他整
天在电脑前，眼睛很干涩的，又是戴眼镜的男子，更需要滴眼液了。

还有一只只红苹果，全是她偷偷放在他抽屉的。他知道是她放
的，可假装不知。他看不上她，觉得她太高攀了自己。

不久，他患了偏头疼，总是莫名其妙的头疼，身边的女孩子还
打趣他："是不是想女孩子想的？"只有她，很着急地问他："没

事吧？我家乡有个偏方，可以治偏头疼。"

于是，她请了几天假回了老家。

她的老家在荷花盛开的白洋淀，几天之后，她带回来一个枕头。她偷偷约了他出来，告诉他：全是清香的荷花，晒了，再加上几片薄荷，枕着睡会治偏头疼的，我妈妈告诉我的偏方。

他呆了。天哪，那得要多少荷花啊？

她笑了：是啊，要好多，好在池塘是我们自己的，妈妈也就随着我去采摘了，采了再晒干；枕是上好的棉布，我精心收藏的蜡染布，想你一定喜欢的。

刹那间，他觉得有什么东西涌动上心头：这么好的女孩子，这么疼他惜他，如果她有学历，如果她长得再好看点儿多好啊。

谢谢，他一直说着"谢谢"。这种客气，就是拒爱情于千里之外的道具。她头低着，说："只要你好就行了。"

不久，他的偏头疼果然好了，那散发着荷的清香的枕头，他舍不得枕了，因为太芬芳。而且，每次枕的时候就会想到她。她已经辞职了，去了另一家公司，悄悄走的，只给他发了一个短信，他本来要回的，又怕纠缠上自己。到底，他想的全是自己。

五年之后，他在一次失败的婚姻中败下阵来，于是常常会想起她来。

她还在北京吗？她还好吗？

唯一留下的便是那荷花枕，枕得年头多了，他准备拆掉洗一下。

哗啦，倒出荷花叶时，他呆了。

里面，有一张发黄了的纸条。

是她清秀的字：我是这样这样地喜欢着你。你也喜欢我吗？

他内心似冰河裂了，一个羞涩的女孩子以这样婉转的方式表达了她的爱情。可是，他却总是忽略了她，他有好多机会的，错过昨日，又错过了今朝。

历经了百转千回，他终于明白谁是最适合自己的人。

千方百计地打听到她之后，他去找她。

她怀孕了，坐在阳台上的椅子上，好眉好目地笑着，一副安详甜蜜的样子。她说："是从你开始才学会了爱的，你让我知道，爱有好多种方式，有时，爱情只是一个人的事情……"

他想说好多话，却发现面对一个女孩子的幸福时无言最动人，爱情让他学会了隐忍。此刻，最好的祝福是默默离开她，就像她当年默默离开了他一样。那华丽而落幕的转身，是她留下的祝福。

他没有提起那张小纸条，只是说自己过得也好，什么都好。

那个下午，他们坐在一起说了很多往事。云淡风轻，风吹过了千山万水，现在，他和她是水清了，无鱼了。但他心中，从此多了一颗痣，那颗痣，就是她了。曾经，他辜负了一个女孩子的心，所以，他不能再辜负自己了。

后来他又结婚了，却是懂得了怜惜。妻问他："怎么这么会疼人哪？"他笑着搂过妻说："因为心疼自己爱的人，有时就是心疼自己，多疼她一些，自己就会少心疼一些啊。"

犹如莲华不著水

人生的每一个劫数，仿佛禅师苦心设置的
一道道玄关，只要善于领悟，只要有一颗
精致的心灵，劫后余生，你会悟及生命的
真义，活出生命的别样风景。

◎ 祖　儿

幼年时候，曾与死神擦肩而过。死神轻吻了一下我的额头，怜惜地说："孩子，你太小了，还是回去吧！"

至今，依然清晰记得失足落水的那个夏日清晨，聒噪的蝉鸣，晃眼的日光，徒劳的挣扎，神志渐迷的瞬间，竟然也会有濒死的恐慌和对生的深深的渴望。

那年，我七岁。

毕竟年幼，七岁时候与死亡如此贴近的体验，很快在家人的安抚和如歌的岁月中远去。成长的过程有太多的惊喜和快乐，比死亡更值得记取。唯一挥之不去的，便是自此惧水。

三十年以后，广东台山温泉洗浴中心，历史的一幕再度重演。因为惧水，因为恐慌，那样碧蓝、清澈而温暖的泉水，竟然也可致命。

死神仿佛旧识，再一次拍拍我的头，宽厚地挥挥手说："别凑热闹了，回去吧，这儿不是你该来的地方。"

沉入水底的那一刻，三十年前痛苦的挣扎、窒息和绝望，潮水般席卷而来，竟是如此熟悉。魂兮归来，看着围绕身边的亲人们，眼泪夺眶而出。

生命，原来如此脆弱！正是人生最丰盈的年纪，有谁会无端想到，这样一个祥和、安宁的夜晚，在最温馨、舒适的场所于亲情围绕的氛围里，会有一种危险向生命逼近？

未曾经历的人，永远都无法想象，生命，原来也可以用这样一种温和的方式戛然而止，并且毫无预兆。经历过以后终于明白，生命中的每一天，其实都可能是一个终结，无关年龄，无关疾病。

相对于种种未知，生命原来如此脆弱，如此渺小！竭尽全力，我们也无法阻止生命的点点消逝或突然的夭折，但总还是可以让有限的生命更具质感。

多久没有带孩子去野外踏青，到广场放风筝了？家常的教养里，已无端生出了些许疏远与隔阂。或许工作的确忙碌，生活真的疲惫。然而，也不过就是放下武装的面孔和柔软坚硬的心灵，给不觉中已然齐肩的孩子一个久违的拥抱。你会发现，温情其实远比苛责更具教化的作用。

多久没有和老人共忆儿时的旧事，挽着老人的手，亲昵地出门散散步。问询的电话里，你是否觉察了老人无意泄露的淡淡落寞。对于老人，亲情的传递或肢体的语言，有时其实远比物质的给予更能暖透心灵。

多久没有给远方的亲友打一个问候的电话。在某个不经意的时刻，微笑地问一声"你好吗"，多少可亲可感的往事，峰峦叠嶂般又汇聚眼前。纵有千山万水，握着听筒，心与心的距离仅隔一线。

生活，精彩纷呈，也终有归于平淡的时刻；心境，活色生香，也难免会有疲惫而懈怠的时候。堆在案头的工作繁复而乏味，似久已厌倦的"糟糠"的脸，了无生气。然而，终归是要面对的，工作也好，生活也罢，所有的倦怠与隔阂，终会在坦诚相向中消弭于生活应有的温软、可亲的面目里。你会发现，工作并不枯燥，付出也不多余，满满的自豪与成就感里，收获的都是真实的快乐。

真诚感恩生活的惠赐与拥有，宽容他人无心的错失与伤害，笑对人生的坎坷与不幸，风轻云淡，宠辱不惊。你会发现，生命中平淡如水的每一天，会因为爱，因为宽容，因为给予，因为努力，而绽放出异样的光彩。

"一切忧苦消灭尽，犹如莲华不著水。"人生的每一个劫数，仿佛禅师苦心设置的一道道玄关，只要善于领悟，只要有一颗精致的心灵，劫后余生，你会悟及生命的真义，活出生命的别样风景！

你知道我在等你吗

总在那斑驳的老屋中临窗而立，待落日的
余晖渐渐淡去。这样的守候，已凝成一种
岁月的姿势，一个固执的结。

◎许永礼

多年以后，你终于来了，而我的等候远远没有结束。

总在那斑驳的老屋中临窗而立，待落日的余晖渐渐淡去。这样的守候，已凝成一种岁月的姿势，一个固执的结。每当楼道里响起你轻快的脚步声，我的心才安然落定。

起初，我是去学校接你的。牵你的小手，回家的路上，或一串冰糖葫芦，或一支奶油雪糕，就能在你小小的心里装满欢喜。突然有一天，你说你长大了，已是个顶天立地的男人了。即使跟人打架，撕碎了衣服，弄花了脸颊，也不要我掺和到你的事情里去。

我尊重你，不介入你的世界。可是，你回家的时间越来越晚，后来，你干脆彻夜不归了……衣服脏了我给你洗，裤子破了咱再买新的。但倘若你有什么闪失，叫我如何跟你母亲交代。

你是在那年秋天的清早来到我们家的。之前，我在医院产房门外等了你一夜。你头一声啼哭很洪亮，而你的母亲却没来得及看你一眼，便亡故于产后大出血……是的，你的来临与我爱妻的生命擦肩而过。我从没对你提过这些，不想让你在生命之初无端地背负起心理之重。

此后的日子，我是你的父亲、母亲、老师。其实，我多么想还能够成为你的朋友，你的"兄弟"，你心心相印的人。然而，曾几何时，你我之间竖起一道不可逾越的屏障。你不再轻信母亲出远门了，迟早有一天会回来之类的谎言。你班级里有个父母离异的同学，你由此揣度，你母亲也是和我离婚，因为我是个窝囊废，她才弃我们而去。你的心里冷冷的，满是怨恨。

十六岁那年，你迷上了网络，一放学就泡在网吧，深夜才想起回家。知道你爱面子，从不去找你。我能做的只能是做好饭菜，数着钟点，等你回家，然后试着与你沟通。十七岁时，你迷上了一个女生，开始夜不归宿，险些被勒令退学。我找到校长，平生第一次对着另一个男人声泪俱下。

你不领情，仍然我行我素。无奈之下，我找到了那个小女生……你知道一切后，扯着公鸭嗓跟我大吵。那个午后，我掴了你一记耳光。那是我头一次，也是唯一一次打你。你眼中汇聚着惊恐和委屈的泪水。当天夜里，你失踪了。十七岁的你愤然离家出走，我没有满世界去找你，知道你去了外婆家。我在家里等你，相信你会回到我的身边来。

你是在你生日的那个早上回家的，我再次看到你的眼泪。都说自己是男人了，为什么还哭得像个伤心的小女孩儿？秋天的早上，老屋的门被小心翼翼地打开，一个背着书包的中学生静悄悄地站在我身后。回头的一刹那间，你"扑通"一声跪倒在地，泣不成声：你，你为什么不早告诉我……

外婆告诉了你关于你妈妈的事。你对我说，你上网、早恋都是故意跟我怄气。你说你从此将发愤读书，再不跟我怄气了。我笑了，拿出一早准备好的生日蛋糕，为你点燃了十七根蜡烛。这一天，你很乖，吹了蜡烛许了愿，切出一块蛋糕递给我。这一天，我不是很乖，我把你切给我的蛋糕，抹了你一个大花脸……

你果然一言九鼎，像个男子汉，你以优异的成绩考取了重点高中。三年后，你被武汉一所大学录取。从此，你变得越来越忙，打电话回家也就三言两语就直奔主题，无非是要我给你汇钱去。四年大学，你只回来了三次。而我在你的忙碌中等候，在等候中度过光阴。

大学毕业后，你领了个楚楚动人的姑娘回来，姑娘一口一个伯父叫得我心花怒放。那一夜，你把我灌醉了，第二天早晨日上三竿，我才醒来，桌上堆放着"脑白金"，你和姑娘已没了影儿……

半年后，再次看到你哭，就像那次离家出走归来。你被公司炒了，女朋友又跟你闹别扭，你郁闷。那天，你坐在自家的餐桌前，慢慢地说，慢慢地哭。那一份失意、委屈，直捅到我的心窝里来。我想对你说，你的路还很长，那首老歌怎么唱来着，受伤后可以回家……我不仅仅是你的父亲，还是你的朋友，你的家……可最终，我什么也说不出，只是不断地为你夹菜，添酒。

你在家昏昏然睡了七天，终于又要走了，你的手掠过我花白的鬓发，说，你都老了，别为我操心了，我会成就事业，会带你去住大房子，去过好日子。我仍然什么也说不出，只是望着你远去的背影，在心里说，儿子，住不住大房子不要紧，老爸只求你平安、快乐。别忘记有一个人，一直在这老屋里等你就好。儿子，愿你一路前行！

苦涩的茶

那一刻，突然明白，世事的艰辛只如一杯茶，苦后便是悠长的绵香，那是岁月酿就的幸福。

◎包利民

祖母喜欢喝茶，父亲喜欢喝茶，他从小被迫着也喜欢上了喝茶。

起初，他觉得茶真是太难喝了，特别是那时家里穷，所能喝的也只是极便宜的茶。入口极苦，也并没有品呷到那种口角生香的感觉。可是，就这样苦涩的茶，后来却成了他生活中离不开的东西。

祖母和父亲都是积极而乐观的，不管生活怎么苦，脸上都带着真心的笑，心平气和地品着苦苦的茶。现在想起来，那时的家境，那时的困难，足以难倒任何人。可祖母的恬静，父亲的洒脱，却给他留下了不灭的印痕。后来，境遇好起来，家里的苦日子也一去不复返，他们终于可以享受一些高档的茶了。只是，他却最怀念当初的那些便宜茶，两角钱就可以在地摊儿上买一堆。虽然难喝，却浸润了一段岁月，也许是当时的环境和心境使然。

终于，他走上了陌生的旅程，在一个离家千里的城市中，一度失落太多。那些时光，仿佛每一日都写满着失意，每一步都踏痛着梦想。他也曾彷徨，也曾走在绝望的边缘。直到有一天，当所有的挫折都达到一个爆发点，他才想起喝茶。多少日子不曾品茶，日子的厚重早把喝茶的情趣掩埋。他记得从家里出来时，父亲曾把一把茶放进他的行囊，于是翻找出来，有一种急急地期待。

那是童年时才喝的那种茶，最便宜的，父亲竟给他带的这个。在那种苦涩中，他一如品味着曾经艰难的生活。他像祖母和父亲当年那样，试着用一种最平静的心情去喝茶，渐渐地，宠辱皆忘，时光浓缩于杯盏之中，心里有的，只是柔软的感动。那一刻，突然明白，世事的艰辛只如一杯茶，苦后便是悠长的绵香，那是岁月酿就的幸福。

他发现，在包着茶叶的纸上有父亲写下的一行字：当初强迫你喜欢上喝茶，是因为你最终要被迫走进生活的艰难，源于苦的香，回味悠长。

那样的时刻，他感受到了一种爱。在淡淡的茶香中，他向着家乡的方向久久伫立。

母亲的日历

我翻找完所有的日历，却没有发现母亲为
自己的生日和结婚纪念日打上记号。

◎胥加山

新年将至，母亲总爱抽空去镇上买回一本崭新的有 A4 纸四分之一大小的日历，钉在墙上，随手一翻红红黑黑的纸张，她欢喜得像个孩子。

其实，母亲不识字，只是认识一些简单的阿拉伯数字。起初，她钟情于日历，引起我好长一段时间的疑惑，一直以为母亲看日历只是为了记住二十四节气，以便农事耕种或关注母猪下崽、出栏的时日。

直到去年新年前夕，我偶然回家，恰逢母亲买回了新日历，正欢天喜地地翻着。几乎每月的日历纸张，都有几页被她折叠起不同的图案，甚至有几页，她用糊鞋底的糨糊糊上红布条、白布条……看母亲虔诚幸福地忙碌着，我一时没有打扰她，只是站在一旁，静静地注视着冬日下的母亲；看她一会儿折叠起一页日历或糊起一块红布条，双掌合十，一脸微笑……当时我以为母亲在做某种迷信的祷告。心想，老年人冬闲无事，寻找一些心灵的信仰，即使迷信，只要心灵得以慰藉，给老人带来快乐，我们做晚辈的就随她去吧。

又是折叠，又是糊布条，一本厚厚的日历被母亲折腾得像一个待产的孕妇。我突然回家，她自然惊喜不已。当我注视她手中的日历，像发现儿时的玩具一样兴奋时，母亲有点儿慌张，躲闪着把手中的日历藏于身后，嗫嚅着说，在家闲着没事，瞎忙活。

母亲的日历还是被我拿到手中，翻到被折叠或糊上布条的纸张，我好奇地问她："妈，这些都是什么日子呀？难道都是你算命得来的幸运日！"

母亲见我对她折叠过的日历感兴趣，犹豫着，呢喃而语，到时候你就会知道了。母亲的"卖关子"更撩起我的好奇心，我用激将法——在家没事搞什么封建迷信活动！母亲和我争辩起来……

在争辩中，我了解到那些被母亲折叠或糊上布条日历纸张的含义——

2 月 28 日、7 月 14 日、8 月 17 日、8 月 19 日被母亲折叠起，那是弟弟、我、姐姐和哥哥的生日。母亲折叠这些日子，只是到时候提醒我们为自己做一碗寿面，祝福自己生日快乐！

元月 2 日、2 月 16 日、12 月 18 日、12 月 28 日被母亲糊上了红布条，那是我、弟弟、姐姐、哥哥的结婚纪念日，母亲糊上红布条，只因这些日子都是我们的大喜之日，到时候她会提醒我们在这一天好穿戴一新庆祝自己的结婚纪念日，夫妻要相敬如宾。

6 月 14 日、10 月 20 日，被母亲糊上了白布条，那是祖母和外婆去世的纪念日。母亲糊上这两日，只是提醒自己到那一天去祖母和外婆的坟上烧一些纸钱，保佑我们一大家子生活平安。

2月3日、4月5日、6月16日、8月22日被母亲折叠成心形，那是母亲的孙子、孙女、外孙们的生日，母亲折叠这些日子，到时候通知我们为自己的妻子好好做一天家务，在母亲的眼里，子女的出生之日就是母亲的受难日。

我翻找完所有的日历，却没有发现母亲为自己的生日和结婚纪念日打上记号，我心隐隐地发痛，母亲把所有的爱都倾注到家人身上，却忽略了自己。

母亲的那本充满母爱的日历，让我记住了家人的生日，祖辈的祭日以及我们兄弟姐妹的结婚纪念日。因而在新年到来之际，我总是满怀信心迎接新年，因为新的一年里有那么多值得我们欣喜的日子，这种欣喜不为权力、金钱而喜，而是至真亲情的牵挂之喜。我们没有理由不向新年迈出坚实的步伐。

新年的钟声敲响了，我眼前又恍惚显现出母亲折叠新年日历的身影，止不住拿起案头的一本新日历，学着母亲的虔诚，翻着日历折叠起来，当然，我先折叠起母亲和父亲生日的那两页……

可以安放爱情的那个城

还有另外一个小而安静的城市，可以让我
和森安放下我们平凡的爱情，永远不会迷
失方向……

◎安　宁

　　那一年我和森大学毕业，我不甘心与他回我们故乡的小城，做一个平庸的文员或是小报编辑。森极力挽留，最终还是没能用他想象中的安稳妥帖的小城生活，将我说服。舍不得与我分手，他便唯有与我一起去北京，寻找我梦想中的位置。

　　安顿下的第二天，便有一家报社同意与我们面谈。欣喜若狂中，竟忘了问清楚，究竟要怎样才能到达报社所在的大楼。怕报社那边敏感，这样一桩小事都想不周到的人，还想当什么记者，只好飞快地买了一张地图，在风沙肆虐的街头，两个人头抵着头，慌慌地寻找那个与我们的希望相连的地址。不曾想，地图上竟是没有标明应坐哪路车，才能最终到达那儿。我是个急性子，看着时间匆匆地溜走，离约定的时间不到半小时，竟哭了出来。森耐心地哄我，又拦住几个路人问，他们却是连连摇头，说不知道。好不容易等到似乎在锻炼的一个本地人从马路对面经过，我们很高声地向他打招呼，请求他停一下，那人却是在我们声嘶力竭的呼喊声里，漠漠然地看了我们一眼，停也没停地走过去了。

许多漂亮又气派的车，风一样呼啸而来，又呼啸而去。扬起的灰尘，迷了我已是红肿的眼睛，让我连不远处那座高耸入云的米黄色大楼上挂着的广告牌都看不清楚。森忍不住，没经过我允许，便打那家报社的电话，想问个明白。我知道他是个说话不怎么流利的人，只好在他按键前，自己夺过来打。风愈加地大，手机的信号，在明显失了热情的编辑再一次将到达方式告诉我时，竟是突然很不清晰起来。我断断续续地只听见"5路车""步行10分钟"几个字，鼓足勇气想再问一遍时，那边却已啪地挂断了。不知道5路车从哪儿坐，只好拼命地挥手拦出租车。最后，一个大胡子的司机终于漫不经心地将车停下来，载我们去那希望的所在。十几分钟后，车停下来，原来那座米黄色的大楼，就是我们苦苦寻找且只需步行10分钟便可以到达的报社地址。知道被这个一脸冷漠的司机骗了，却是来不及像平时那样讨回公道，便付了钱，慌乱不安地坐上电梯，在12楼的一个办公室前停下来。匆匆地瞥了一眼手表，时间早已过了5分钟了。

那个编辑轻描淡写地看完我们的材料，说："如果你们愿意，可以先试做一个月，从最低的'马路记者'开始干起，干不下去随时可以另谋高位。"原本准备好的一番陈词，在他的"今天到此为止"的逐客令里，终于没有了丝毫说出来的必要。转身出门的时候，一直懒得抬头看我们一眼的编辑，却是站起身来走到我们面前，说："其实，并不是每个人都适合来北京的，如果在繁华喧嚣的大道上总是迷路，不如在寂寞却安静的小路上踏实安稳地一步步走……"
已是风停，我和森在一个街头捧了大大的地瓜，慢慢地啃，直吃得
胃不再空虚。心里那个一路狂奔的信念住了脚，一脸温柔地朝我们
回望。我们一步步爬上一座数不清有多少层的大楼，从窗户里往下
看，见那蛛网一样的路，密密麻麻地在这个我一直觊觎着的城市里，
那么高傲地向四面伸展，车和人在它的上面，原只不过是一只小小
的飞虫或是蚂蚁。

　　我苦苦支撑着的梦想，终于在这样的一天里彻底破灭。我趴在
森的肩头，却没有流一滴泪，祭奠这灰飞烟灭的希望。因为我知道，
还有另外一个小而安静的城市，可以让我和森安放下我们平凡的爱
情，永远不会迷失方向……

父亲的肩膀

对于叛逆的儿子来说，父亲的肩膀既是铁面的责罚，也是牢固的爱与宽容。

◎李兴海

第一次骑在父亲肩头，我便想，自己何时才能长得像他一般伟岸刚强？

于是，在艰涩而又漫长的成长之路上，父亲成了我人生的标尺。每隔一段时间，我就要嚷嚷着走到他跟前："爸，别动，别动！你看，我很快就会和你一般高了！"

这样的岁月，终究如庭院中的春花一般，尽数落去。我不再与父亲比较，不再依赖他的肩膀，甚至不再与他交谈。我们终于走成了中国式的父子关系，外表冷漠，内心热情。

对于我来说，他和母亲似乎就是两种不同的性格。他负责用戒尺和皮条惩戒我的一切冒失与错误，而母亲则负责用热泪和怜爱庇护他所施予的所有罪罚。

记得很多年前的夏末，我徘徊在房顶上看晒陈年的谷子。隔壁院中的桃树，像一双张开的大手越过高高的围墙倾斜在午后的房顶上。饱满的果子坠在茂盛的绿叶间，像暗夜里刺眼的彩灯，让人目不暇接。

　　躲在茂盛的枝叶背后，我的内心出现了极大的挣扎。父亲平日的教诲与此刻躁动的情绪形成了两股巨大的波涛，使我茫然且不安。我不愿撇开心中的善念，却又不甘就此离去。那满树丰硕的蜜桃，像定格的底片在翻滚的脑海中浮动。

　　我到底还是将柔弱的双手伸进了随风摇动的绿叶间，父亲在房下的窗内目睹了整件事情的经过。当日，我不但遭受了平生第一次最为严厉的毒打，还被父亲勒令兜着偷来的蜜桃到邻居家道歉。

　　当母亲从地里赶回时，父亲正扬着细长的皮鞭欲将我打个皮开肉绽。母亲夺过黝黑的皮鞭，哭着将我抱在怀里。由此，我躲过了极为严酷的下半场劫难。

　　我记得父亲说过的话。他瞪大了眼睛指着母亲："慈母多败儿！"印象中，这件事情便是我与父亲情感的转折点。我在潜意识里忽然发现，这个留着八字胡的和蔼男人，原来有着如此可怕的一面。

　　没过多久，我便因高烧不退躺在了床上。母亲整日守在床前，嘘寒问暖。我当时虽然不曾对母亲提起，但心中却无比坚定地认为，这次重病的根源八成就是没有吃到蜜桃还挨了打。

　　父亲背着我往城里赶的时候，我已被病痛折磨得神志恍惚。母亲说我一路伏在父亲的肩上都在念叨着桃子，桃子。

　　从睡梦中醒来时，只见周围一片惨白。我心里依旧想念着那些饱满的蜜桃。父亲低声询问前来给我打针的护士："他能吃蜜桃吗？"护士说："冷的不能吃，如果实在想吃的话，得用冰糖炖热了才行。"

几个时辰后，父亲赶回来了。他宽阔的肩膀上压着一只棕色网格的麻袋，袋中全是硕大的桃子。母亲到附近的饭店借了火，为我端来温热的冰糖炖蜜桃……

时至今日，我仍然记得当日父亲的肩膀，他让后来的我始终不敢逾越道德的雷池，去重犯童年的错误。对于叛逆的儿子来说，父亲的肩膀既是铁面的责罚，也是牢固的爱与宽容。

童年的小桥

许多事情得趁早，趁现在，趁年轻，趁你
还未老，但有一种感情只能等你老后才有
可能。

◎刘载风

走过一片麦田，翻过山岭，夕照下的那个小村就是我的故乡。

今年春节，我回到了故乡。年三十的下午，带着女儿在山野里游荡。走累的时候，发现了一座爬满老藤的小桥，女儿抢先跑过去坐在桥头。小桥弯弯地弓在一条小溪上，女儿捡起小石子掷到下面的溪水里，咚咚地响，然后又跑下去玩了。她这一举动猛然使我想起了我的一段乡村往事。

没想到无意间我又来到了那座小桥。原来，连接小桥的那条路人们基本不走了。山路改道了，小桥无用了，留在溪上凄迷独立，时光走过，斑驳苍老，成了似有似无的风景。寂寞的溪水撞击着布满苔痕的老桥基，山蜘蛛的网交织在桥面的荒草上，像神秘的古文字。这是我小时候经常玩的地方，玩伴是隔壁女孩儿。

童年像个隐形人，默不作声地站在我的身边。小小的溪流，小小的桥，仅容两个挑着柴的人错肩而过。我们常常坐着，捡起小石子扔到溪水里，我的发出"扑通"声，你的总是"咚咚"的。每次捡来一堆小石子，或者直接扔到溪水里，或者打到桥面的石块上反弹后掉进下面的溪水里。扔完了，又到下面的小溪里找，就这样度过一个个发白的下午，安闲的时光。或者我们去地里挖来一堆泥，捣烂揉成一团温婉的带着体香的泥，做一个像碗一样的泥泡泡，用力猛地倒扣到桥面上，泡泡的底就会裂出一个窟窿，然后相互用自己的那团泥补对方的窟窿。每次总是我赢，你就伤心。我许你，以后造一个泥的宫殿，让你在里面住，你就笑。那个时候我们在小桥上嬉戏，全不知人间伤心事，闲适、甜蜜得无所事事。我们就这样一直玩到十五岁。我外出求学，你一直待在故乡。我外出那一年，你在桥头徘徊张望了一整年。不要说十五岁的人不懂心事，十五岁的我比现在的我更高尚更有抱负。

我坐在古老的桥头，闻着泥土的芳香。冬天的阳光，陌生而又熟悉，安详得似半山上那座黄色的小庙。白色的风吹得故乡露筋动骨，似森森老人。这个白色的下午，我在抚摩一只手，一只白得可以采菱的手。

时光是个魔术师，这些年，我在何处，你又在哪里？命运让我成了政府小吏，终生为吏。你则在乡村里成了村姑成了村妇，现在是三个孩子的母亲了。你嫁到邻村，过年时要回家看看，我们有几年都碰到了。你的脸又黑又粗糙，我则皮肤白皙，戴着眼镜。每次碰到，你总是很小心谨慎地说一句"回家过年了"，就把脸别到一边去，然后匆匆走过。相认的瞬间并没有让我感到甜蜜。也许你的心事只是把孩子带大，为他们造房娶妻，再没有别的想法。

是的，我们本无意，少年心事只在玩，少年情思总是纯。你不会怨我没有为你建成泥做的宫殿，我的心却成了寂寞的城。

你一直守着故乡，守着土地，活得有些笨重，笨重得有些隆重。我则一直生活在城里，活得有些轻飘，轻飘得像风中絮。这些年我在城里走，独自在自己的世界中流连，没有旅伴。

就在今天，我坐在老桥上突然想起，曾经我们一起度过的童年是怎样的幸福，是怎样美好的时光。这是一份失落了又被重新找回的童年。要是能在这样的午后，再找你一起到桥上坐坐，往溪里扔些石子，那该多好啊。然而这想法实在荒唐，实在是没有可能。

坐在沉默的桥头，我望着天空，两手空空。当初那个让我离开故乡的人是谁，他是一个下毒者。

什么样的力量把我们分开，又有什么样的重逢在把我们等待！若想回到过去，只能等到未来，我们的老年。等我们都老了，无用了，完全地无用了，人世的责任尽完了，重负卸下了。那时我回到故乡不再是小憩，而是永远的回归。那时才有可能与你一起重新迈上小桥，坐坐，再享受一番小小的乡村中那天人合一的时光。

许多事情得趁早，趁现在，趁年轻，趁你还未老，但有一种感情只能等你老后才有可能。若要再续此情，唯有等到年老。此生若有老，定然回村与你再坐小桥。

树是故乡的旗帜

对我来说，它已成为故乡的旗帜，无论我
离开有多久，走得有多远，都能让我穿越
城市的繁华，看到故乡的方向，找到回家
的路。

◎曹春雷

　　友从故乡归来，闷闷不乐，问之，他说老家村庄的一棵古树被
村里人卖了。他从小在这棵树下长大，对这棵树很有感情。现在这
棵树没了，总感觉内心失落落的，故乡不再是完整的故乡了。

　　我理解他对这棵树的感情。如果说故乡是他储存童年、少年记
忆的仓库，那么这棵树就是一把钥匙，能打开这个仓库的门。

　　似乎每个从乡村走出来的人心里都有这么一棵或者几棵树吧。
反正我就有，是一棵柏树，古柏，两抱之粗。树龄究竟有几百年，
村里没人能说得出来。即使村里如今最年长的康田大爷，也只是说，
在他小的时候，树就这么粗。

　　古柏立在村口，守望着通往村外的路。每次回故乡，远远看到
这棵树，我总会念叨一句：到家了。在我心里，这棵树就是故乡。

　　村里人通常把村口说成"西门"。西门的来历，娘曾告诉过我，

新中国成立前村子附近的山上有土匪，经常下山来打家劫舍。为抵御土匪，村子建起了一周遭寨墙，东南西北留了四个寨门。西门就是西寨门。如今，历史的烟云散去，寨门不见，只剩下古柏，依旧巍然屹立，见证了那段岁月。

奶奶曾说过，当年土匪在西门前的树下堆了柴火，打算火烧寨门。但火刚刚点燃，就来了一场大雨将火扑灭。土匪害怕了，以为这是上天的告诫，仓皇而散。听奶奶这样讲过以后，这棵树在我心里更具有了神秘感。

村里人对这棵树都很敬畏。很多人家让自己的孩子认这棵柏树当"老干娘"，烧香叩拜后，拿红绳系在树上，这棵树从此就成了孩子的干娘，保佑孩子的一生。我虽没有认这棵树当干娘，但我常常去看那些认干娘的仪式。看过之后，就真的认为这棵树是位沉稳慈祥的老人了。

古柏曾经遭过磨难。有一年刮大风，将树刮歪了，根从土里拔了出来，全村人为此忧心忡忡。后来，全村的壮劳力齐下手，用了一天的时间将树扶正，用钢丝绳固定好。不出一个月，古柏茁壮依然，村里人才放下心来。在全村人眼里，古柏不仅仅是一棵树。

那些年，我还没走出村庄，总喜欢到古柏跟前站站。在树下闻着柏树叶淡淡的香，仰头看它虬枝曲干，刺向苍穹，心会安宁下来。一直以为，它是无言的智者，能洞悉一个人全部的秘密，虽然它从不言说。

现在每次回故乡，依然喜欢到古柏下站站，它依然苍劲，一如当年，而我却不再是当年的少年。但从古柏身上，我能依稀看到那些流逝的时光。

漂泊在外时，每次回望故乡，第一眼看到的就是这棵古柏。对我来说，它已成为故乡的旗帜，无论我离开有多久，走得有多远，都能让我穿越城市的繁华，看到故乡的方向，找到回家的路。

月光的衣裳

那次月光的邂逅，不是在我最美的时候遇
见了你，而是你为我披了一件梦的衣裳。

◎潘姝苗

　　年少的时候有过一件质地纯棉，领口和袖口都镶着蕾丝花边的白色衬衫，那隐约是第一件梦的衣裳。穿上它的时候，我总幻想着遇到最想遇到的一位少年，站在长满眼睛的梧桐树下，等我从他身边路过。此刻，无须言语，更不可喧哗，而心态却似树梢纷纷扬扬的落叶，被秋风吹了满地。

　　后来，是另一个其貌不扬的男生闯进我的心扉。晚自习过后，他天天等在回家的路口，那条没有路灯的坡路上，他站成树的姿势，掩掩映映的枝叶就成了他守护我的背景。途中，树影婆娑，薄雾笼纱，纷纷扬扬的枯叶在脚下蔓延，悄然地将不安归于静谧。在我的记忆里，那段路程大多被沉默延续，而那相互揣着的心，一定是不安且有声响的吧。

　　回到家中，依然是不敢开灯，怕刺痛了夜幕里朦胧的痕迹。静立窗前，看月色如水，照见一张柔和的脸，黑白、素色，却闪烁着不可捉摸的光亮。忽而在唇，忽而在眸，如梦如幻，像有魔力的网突然将我俘获。经过那次的清凉邂逅，月光就成了我追逐的天使。原来经她沐浴所赐予的容颜，竟是肤若凝脂、浩然如玉、不染纤尘。

从那以后，我迷上了被月色装扮的素颜，期盼在另一个人眼中，看见被披着月光的我映亮的眼眸。没有什么比中秋之夜更美的月神了，也没有什么情愫比暗恋更加神秘，当他们神奇相遇，天边只剩了扑朔迷离的光影。丢下书包、抛开习题，第一次为你穿上蕾丝的白衣，来到相约的路旁。拾一块平整的青石坐下，我不看你，只举头望月，心里憧憬着自己正是你眼中最美的风景。你真的开口了，轻轻对我说："你，真美……"我收起看月亮的脸看你，你低头抚弄手心的小草，再无言语。一不留神，月亮被乌云吞没，骏黑的天幕飘起了冰冷的雨丝。我们如梦方醒，各自道别回家。

那场月光下的对坐成全了我们的交往，只因你看过我一眼，在月色下，我不再对你退避三舍。迎着你走过去的时候，我看见你眼中有月光的神采，淡然、飘忽，却能叫人刻骨铭心。张爱玲曾说："隔了三十年的时光，再好的月色也未免有些凄凉。"二十年过去了，我曾刻意在月色下搜寻当年的暧昧，捕捉那玉白光洁的烙印，可终究是不能够了。回忆渐去渐远的青春，我开始明白，最大的魅力来自于无法完美，最深的情感来源于不被占据。那次月光的邂逅，不是在我最美的时候遇见了你，而是你为我披了一件梦的衣裳。

嵌入时光中的深情

飞逝的是岁月，流走的是容颜，那颗因爱
而跳动的心仍然强健有力，没有半分减弱。

◎青　衫

阳光明媚的午后，小巷里蹒跚行走的老夫妻互相搀扶着，那满头的白发闪着动人的光泽。

从他们的身旁经过，我不由自主地放缓了脚步，恐惊扰了那份怡人的宁静，并心生羡慕地凝望着。

年轻的时候，我们往往会问对方："你爱我吗？"中年时，一句"我老了，你还会在乎我吗？"透着孩子气的疑问。等到飞霜入鬓之暮年，一切都无须再问，也无须答案；牵起你的手，相依相伴，胜过了千言万语。

花开花谢，四季交替，既然一起跨越那么多的坎坎坷坷，不正是深情载我们一路走过吗？这份深情因为有爱意，有牵挂，有亲情，才让我们在路上足够快乐和幸福。

在爱的世界里，人很容易满足，不苛求什么，也不奢望一些东西，欣然中感觉时光也是如此多情。虽然没了青春，老了容颜，单是那一路走过的深深浅浅的脚印，那份沉甸甸的五味杂陈般的记忆，看不见，摸不着，却着实存在着，甚至有时候被拿出来反复摩擦，足以让我们感叹：有你真好！

年轻时，我们常常会说爱，爱你的容颜，爱你的才华，爱你的温柔，爱你对我的好。而多年后的垂暮之时，我们依然要说爱，但却是悄悄地说在心里。年轻时害怕失去你，因为你对我是那么重要，是不可或缺的唯一，梦里心里全是你。而今依然还是害怕失去你，此时的你已融入我的心灵深处，是我的魂魄。难以想象没有你的日子里，会是怎样的一种状态。

我的眼中看不见你的苍老，你是最美，就像我的爱永远新鲜如初。感谢光阴，它升华了我的爱，经过岁月穿梭的深情，有一种地老天荒的无怨无悔。飞逝的是岁月，流走的是容颜，那颗因爱而跳动的心仍然强健有力，没有半分减弱。

爱情永远都不会苍老，时光也不会辜负深爱。所有的举动，都抵不过步履蹒跚时的搀扶；所有的海誓山盟，都抵不过苍老时的深情凝望。凭时光荏苒，岁月却染不尽我们的爱，当我们携手走在夕阳里，坐在屋檐下，仿佛又回到无忧无虑的相恋时光。尽管相对时默默无语，相信你我都能读懂对方的心语：我爱你，比每一天都更爱你！

停留在青瓦上的目光

望着那青瓦，我一时恍惚，想起多年以前，它在炉火里的炙烤，滚烫的温度，而今冷却在一个怀旧者的房间。

◎李　晓

瓦，我说的是土瓦。土瓦，据说从西周开始零星出现，至东周广为使用。

我看见最老的瓦，也只有一百多年历史。是在一个古镇子上，风一吹，吊脚楼上的房顶，那青瓦上的鸟粪簌簌而落，我也没躲闪，扑进到嘴里几粒。那次，间接尝到了瓦的一点儿味道，因为那鸟粪毕竟在瓦上风雨里，浸透和缠绵过。它有一点儿苦，有一点儿涩，这像我一直咀嚼过的那些人生况味。

在我故乡乡场野外，有一烧瓦的瓦窑。一个少年曾经望着炉火熊熊，那些泥土做成的瓦，我似乎听见它们在火中的嘶鸣。泥土转世为瓦，这些瓦被一些喝了高粱酒、红苕酒的汉子挑到山坡上、沟壑里、大树旁堆下，再把瓦一片一片盖在房顶，成为新房。

就在那些瓦下，我的乡下亲人，还有老乡，他们卑微而倔强的人生，在泥土里匍匐、翻滚，最后归隐于泥土。所以，我似乎一直相信宿命的存在，在青瓦覆盖的小小房屋下，他们的人生也默默地被覆盖。

前年我回到故乡，整个村庄在风里羸弱地呼号，像我写诗的一张纸那样薄了。整个村庄就剩下了不到一百号人，他们执着地坚守着。梁老汉就是守护村庄最老的一个人，他八十七岁了。

我想在梁老汉家住一晚。梁老汉腿脚还麻利，用柴火烧饭，用土碗盛菜。梁老汉往土灶里添柴时腾起一股烟子，从灶里急着飘荡出来，蹿上梁顶，从青瓦的缝隙里扑出去，与天空中的雾霭汇合。晚上下起了雨，我同梁老汉闲聊，听瓦上雨声，想起一些流光，如安魂曲。

第二天早晨，我一个人坐在山坡上，望着梁老汉那青瓦房顶，那些层叠的瓦如在苍凉之水里老鱼起伏的鳞。这老瓦房经过了那么多年风霜雨雪的飘摇，还像梁老汉一样健在着。梁老汉带着得意的神情告诉我，有一年不远处遇到了泥石流，房子居然没被抖垮。这就像一些卑微之人的命，贱，但顽强。青瓦上有深深浅浅的青苔覆盖，瓦被浸透得如草一样的颜色。我有一种冲动，坐到房顶上去，喝一碗老酒，醉了，就把青瓦当床，睡去。

我想起城里的诗人老马，有一年看到大水从逶迤群山而来，因为要修电站，老城的下半身就要在波涛之下睡去。老马一个人提了酒，坐到他祖上留下的瓦房顶上，一个人边喝边哭，边喝边唱，手舞足蹈。我就在瓦屋下守护着我的这个诗人朋友。这城里的一些人，他们把马诗人当作一头怪兽，我得把他视作一头熊猫，好好保护起来。

而今，在老马的书房中还有几片瓦，那是他从老屋顶上抢救回来的。有一天，我去看他，老马出去跑步了，他要锻炼，减脂肪，减欲望。门没锁，他似乎知道我要来，那是一个大雾天气。我推开门，在他书房，我摩挲着那青瓦，都感觉到有老马的掌纹了。望着那青瓦，我一时恍惚，想起多年以前，它在炉火里的炙烤，滚烫的温度，而今冷却在一个怀旧者的房间。我在老马那里看见一句诗，他说，火焰一旦凝固，就成了白色，比如水里，就有白色火焰。那么，泥土呢？它在翻滚的大火里冷却下来之后，是不是就是这瓦的颜色，后被氤氲时光洗染，流光浸泡，成了青、黑、褐色……

　　老马回来告诉我，他感觉自己活得就像这老瓦一样，人生从喧哗到沉寂，从沸腾到冷却，到最后，自己把自己收藏，安放。

时光故事

困惑的时候向前看，带着回忆坚强地走下去。在阳光下，我们唱着儿时的歌谣，重温记忆中那些带给我们触动的时光。

◎田　园

日光的角落中，藏着隐忍的、不为人知的痛。那是日光炽烈的温度后冰冷的地段，那是温暖也遮盖不了的严寒。像我们刻意隐藏的某种记忆，像我们不愿提起的秘密。那些遗忘在角落的东西，往往尘封着一段段或许再也不愿打开的档案，但是当我们再次将档案上的灰尘抹去，一切又会浮现在我们的记忆里，如此清晰。这是每个人心中都有的一间暗室，是一旦光线透进就会难以成像的心灵小屋。

所有人的心中都有些事不想说，却想让人知道；也有些事，想说却不知道该说与何人；还有更多，是想保存在心中，自己知道就好。人的心就好像一片海，心中的暗流是观海的人永远无法察觉的。即使海底波澜壮阔，表面也可能依然是平静的。心底涌动的是黑，表现出白；心底是纯洁，表现出无所谓。所以，那些留给自己，甚至连自己都不知道的东西，就静静地躲在我们心灵的角落里，等待着日光将它们照亮。

有些时候，我们会感觉痛苦，以至于想要遗忘，希望自己可以失忆，就像《暖暖内含光》里的男女。但是记忆中或许有些东西，时间带不走，或许有些东西，在时间的冲蚀下改变了形状，过去那些痛苦或者幸福在生命中留下了印记，我们真的有勇气抹去吗？真的要忘记的时候，也该会有多么不舍吧。或许人生中的每一种际遇，都是一种缘分，没有两个人可以经历一模一样的事情。我们经历的别人没有的，就是属于自己独特的财富，哪怕它是痛苦的，哪怕是让我们失望的，都是一种别人不曾感受的，也都是值得我们感激的。然而，我们依旧会希望有人能理解，因为一生中，我们的相遇有很多，相知却很少，在这个生活节奏越来越快、越来越浮躁的世界，有多少人再愿意静下心来了解一个人，关心一个人呢？所以，人生得一知己，真的足矣了。

其实，痛苦和幸福都只是一种感觉，这种感觉很奇妙。幸福可以很简单，也可以很难，难以说幸福是一种心情，但那算是一种满足感吧。痛苦也一样，同样的事情有些人觉得痛苦，但有些人却毫无知觉。敏感的心灵会更脆弱，但是也得到的更多。人总是在痛苦或者脆弱的时候才更喜欢思考，因为快乐的时候我们会把握机会用来享受。我们藏在心底的也总是一些痛苦的东西，因为那些是无法与人分享的。

总有那么一刻，我们的记忆会落在阳光的角落里，慵懒地晒着太阳的时候，亦会有刹那间的疏离，时光的影子落下，我们或许会深藏其中，但是当它慢慢移开，呈现在我们眼前的是记忆里最真实的部分。那些部分最触动我们，怎么能被遗忘呢？

　　人生总要经历不同的阶段。当一个人开始喜欢回忆的时候，是对现实有了某种感伤，抑或是失去了才知道珍惜。人生的每个阶段都是有意义的，说不定以后，我们还会回忆起那些曾经自己不喜欢的生活。困惑的时候向前看，带着回忆坚强地走下去。在阳光下，我们唱着儿时的歌谣，重温记忆中那些带给我们触动的时光。

转身，便是天涯

再精彩的一场戏，终要有散场的时刻，更何况那爱不过是生命中的一段插曲，再美也抵不过光阴的冲洗。

·

◎崔修建

沉浸于一场注定无望的爱，最感动的那个人竟是自己。

在烟花三月，在细雨绵绵的秦淮河畔，一条幽深的小巷，让孤独的身影又多了几分楚楚的哀愁，又多了几许令人心疼的美丽。

还记得，在周庄拥挤的人流中，彼此在擦肩的那一刻，像小说中的某一个熟悉的情节那样，她不禁怦然心动，为他一脸的超凡脱俗，为他身上斜背的画夹。

与他目光相对时，她粲然一笑，空气仿佛凝固了，周边那些喧嚷的游客全都被她屏蔽了，唯有他，占据着心中那一整张画布的中央，让她的思绪可以恣意地蔓延。

那就是爱了，只那么轻轻的一眼，她便一往情深了，像扑火的飞蛾，那么不管不顾地朝他奔去，唐突得连她自己都脸红心跳。尽管早已不是那个青春懵懂的小女孩儿，已见识过太多的轰轰烈烈与平平淡淡的爱，她却依然无可遏制地爱了，激情澎湃，如那一壶沸腾的水。碧绿的新茶尚未沏好，氤氲的气息已缭绕开来。

其实，她亦深深地知道，他或许是她永远的白日梦，他最深的世界，或许她一生都不会走进，但那又何妨呢？就像一盆扶桑爱上了整个原野，像一枚钻石爱上了宽阔的矿脉，她就那样头也不回地爱上了他。

当然，她爱得激情火烈，却又理智如山。她只在那个距离上，爱他白山黑水馈赠的风骨，爱他穿越时光隧道的风度，爱他孩子般的天真和老榆树一样的沧桑。于她，他那样简单，似乎一览无余，又那样神秘，似乎总是无法读懂。就像一个充满诱惑的游戏，一上手，她便很难罢手了。

他是一个游走在天地间的画家，他更多的热情献给了那些色彩和线条。当然，聪慧的他早已明了她眸子里盈盈的深情，他很感动，只是他与她毕竟隔着太多的山山水水，隔着太多的光阴，更何况他早已有了妻儿，幸福的家庭生活让他更加心无旁骛地攀登艺术的高峰。

就像是读不懂他的画，她不知道自己为何那样一厢情愿地爱上了他，明明知道结果是失望，她依然那样无可救药地爱了。

她请了假，在他租住的艺术家村旁，她也租了一个小屋，只为了能够方便地看到他画画儿。

她还开始留意电视上的饮食节目，跟着特邀嘉宾学了几道容易做的家常菜，有模有样地练习了好几次，终于鼓足勇气，拿与他品尝。听了他的夸赞，志忑得垂首低眉的她竟像中了大奖似的，快乐得心花颤动，几欲跳跃起来。

他要去敦煌采风了，她多么希望他像带上水囊一样，把她也带上。她愿意和他一路风尘仆仆，让西部漫卷的风沙吹动她浪漫的向往。可是，他没有邀请她一同前往，她也只能咬着缄默，故作洒脱地向他挥手，祝他一路平安。

在那些分离的日子里，她从网上找来他的那些画作，一一地细细观赏，他那好闻的气息，就慢慢地从那画作中散发出来，让她情不自禁地陶醉，陶醉于一种美好簇拥的想象里，像一个芳心初绽的少女，镜中那一脸的潮红将无限的心事暴露无遗。

好几次，她想给他打一个电话，或者发一个短信，可是，最终她还是强忍住了，她怕自己就此一发而不可收，也怕他由此轻看了她。

她回公司上班了。那个周末，英俊的上司给她送来一篮水灵灵的鲜花，她才恍然想起那是自己二十七岁的生日。面对一桌好友的热情祝福，她却走神了，心里特别渴望听到他的声音，甚至能够收到他的一个问候的短信，也会让她兴奋起来的。但是，直到夜色阑珊，朋友们纷纷地散去，他依然音信杳无。

听着略含忧郁的苏格兰古典乐曲，她独自啜饮一杯红酒，泪珠滑落下来，一颗，又一颗。

微醉时分，她颤抖的手拨动了那十一位早已背熟的数字，那端传来的却是平淡如水的提示：您拨打的号码已关机或者不在服务区内。

关机？不在服务区内？有说不出的凉，从头顶压过来，让她身子不由自主地一颤。继而，她苦涩地笑笑，为自己的自作多情。

那一夜，无眠。肯定不是因为那一杯红酒，她许久不曾有过的头疼，才忽然一点点地厉害起来。

再后来，他去了西双版纳，又去了欧洲，似乎前面总有那么多魅力无穷的东西在深深地吸引着他，让他乐此不疲地四处奔波。她仔细地阅读他博客里的每一篇日志，并几乎每一篇都写下了评论，而他，总是那么礼貌地回复两个字：谢谢。语气淡淡的，仿佛她只是一个普普通通的过客，只是偶尔地路过他。

不过，她还是无比甜蜜地幸福了一回。那是认识他两年后的一天，他忽然从日本给她寄回来一条绣着浅色樱花的丝巾，说感觉她系上一定好看。

那是当然的，她相信他的审美眼光，更何况那是他千里迢迢的心意呢？

然而，她与他的故事，就像早已料到的那样，彼此只有序言没有正文，只有问题没有答案，他依然走在自己选定的路上，远远地游离于她的视野之外。而她最绰约的青春时光也所剩不多了，同窗女友几乎都嫁人了，父母早就焦急地催促了，热烈追求她的两个男子也都转身开始新的爱情了。

那一日，她翻开一本诗刊，一首诗的题目，惊雷般地让她僵住——《我只是路过你》。

原来，自己一直固执地拥抱的，不过是一个美丽无比的白日梦，情真意切的自己只是路过他，今生已注定无缘与他并肩，甚至无法追随他的脚步。

于是，释然。她神清气爽地转身，不再关注他的行踪，不再因他而隐隐地心疼。甚至只过了几个月，他的容颜便模糊起来，而她原以为会深深地镂刻在脑海里，永远无法抹去的。

与一位作家聊起当年的那段无疾而终的爱，作家一语中的：转身，便是天涯。

再精彩的一场戏，终要有散场的时刻，更何况那爱不过是生命中的一段插曲，再美也抵不过光阴的冲洗。

若干年后，当别人提起他和他的画作，她竟有恍若隔世的感觉。如今，她像他一样，已经拥有幸福的婚姻，拥有人间烟火味十足的爱情。曾经的那些泛着青涩的情节，已像那个渐行渐远的春天，属于遥遥的往昔了。

寂寞的老街

一条街的老去，就如人凋落的红颜，水流
过的路径，总留下一些印迹。

◎张峪铭

从喧嚣的新街口步入张溪老街，渐次少了一些声息。到了它的腹部，竟有些阒寂。那天枢"响板门"，安静地挤在石坎的凹槽里，门板上的编号已模糊难辨。青石铺就的路，隙缝处泛起苔色，石面也少了一些光泽。人稀路闲，路闲街静。间或有几家新房夹在其中，但仍掩不住老街粉墙黛瓦在沧桑岁月中留下来的斑驳和灰暗底色。

老街真的老了，就像一个在屋角下晒着冬阳的老人，翕张着眼，袖拢着手，显得淡定又无奈。

老街呈之字形，在新街的下端。新街接着老街，就像树的旧干上长了一截新枝。老枝曾是新枝来，这让人不得不想起老街曾有的辉煌。

稍一上溯，就知道张溪老街的显赫身世。据东流县志和至德县志记载，早在一千五百年前，有一张姓人家，为避战乱落户于此。因枕河而居，称为张溪，也叫张家滩。岁月经年，繁衍生息，遂成小镇，慢慢才有了街的雏形。沧海桑田，其实谁也不能将一个地方的历史过往说得清清楚楚。但上襟仙寓之水，绵延数里；下濒升金之湖，方圆万顷。枯水时节河道与湖泊相接，盈水期河湖就成了一体。张溪老街就扼守其中，连接山里湖外，坐观河湖的吞吐。同时也将山珍干货从张溪渡口源源不断地运出，又将外面的日用百货从这里运进山中。

张溪河上的船只，满载着一船船有形货物，也满载着一般般无形的文化，让我笃信远古时代的文化是随水流淌的。

一条街的老去，就如人凋落的红颜，水流过的路径，总留下一些印迹。有时你不得不感叹时间是一个无所不能的巨匠，耐心地打磨着一切，不管你是否喜欢。

我离开张溪二十来年，那时东店西坊，人声鼎沸，货物琳琅满目，显出一派生机。若不看百年老店的牌匾，不看摆在一起的响板门，不看光滑可鉴的青石板，就没能感受到老街的老，更想不到老街有着今日的寂寞。

老街静得好像只听见来访者的跫音，小猫咪卧在门槛上晒着从屋顶漏下来的冬阳，白发老人从门中偶尔探头张望。雕栏木楼早已零落了它的红颜，绣花小姐已身在百年。散铺在街面上的车辙石早已填满了泥土，金与石咬合的声响只能是一个想象。街角的残碑记有剿匪事迹，可勇士的大名是羚羊挂角，无迹可寻……

我知道，老街虽老，却总有些历史碎片散落在什么地方。可人的老去，只有留在记忆深处。我那住在老街的姑姑，一生优雅而富贵地生活着，老了老了，不知有了何委屈，自行走了，永别了老街。我的启蒙老师，隔壁花奶奶的女婿，也没能与老街相守到底，过早地弃老街而去。如今剩下年近九十的花奶奶,与女儿相依为命,形影相吊,默默守着那幽暗的屋,也数着老街的晚年岁月。

一人,一物,一地,老去是自然规律,寂寞是老的归宿。尽管你十分不情愿,就像张溪老街的断墙一隅的铁匠铺,任凭炉火烧得怎么旺,任凭挥起的铁锤如何有力,却不能遏止时间的脚步,也唤不回那木器社、铁器社等老街曾有的繁华。

走出老街口,新建河坝上的树依然苍绿,坝底下新建的观音寺在阳光下泛着黄黄的暖色。据陪同的国清兄说,如今张溪水患不再,得益于此。言之玄妙,让人看到了寂寞的老街用它那历经风霜的肩膀又挑起了担子,一头是世间的尘音,一头是佛家的梵曲。

刺　绣

只有不骄不躁，专心致志，能一针一线全
身心地融入，沉着而缓慢地掌控岁月的节
奏和方向的人，才能把生命编织成一块像
模像样的锦。

◎清　心

收拾衣物时，在久置不用的柜底意外发现了一块儿旧绢帛。月
光白底子已被岁月染得微微泛了黄，中间绣着一对戏水鸳鸯，四周
散落着大朵的红牡丹。

眼前倏然飘过母亲暖煦的笑脸，视线顷刻模糊了。

时光倒流，唰唰回到少年。那时，喜欢静静地依在母亲身旁，
仰着小脸，一边甜蜜地含着水果糖，一边欣赏母亲全神贯注地刺绣。
阳光自窗而入，亮亮的，铺了一地细碎的银子。各色艳丽的丝线，
随着拈在母亲指尖上的绣针，在纯白色的绢布上穿来绕去。从最初
的苍白到若有若无的朦胧，直至最终完美地呈现出华丽绝妙的图案。
那些活色生香的花草似被春风柔柔地吹过，懵懂的我竟抑制不住
内心的好奇，常常把鼻孔贴在上面，急欲嗅一嗅它们散发出的清
新香气。

每完成一件，母亲定会仔细擦干净桌子，把绣品小心翼翼地平铺在上面，然后迫不及待地喊父亲一起过来欣赏。父亲常常一边点头一边由衷地感叹："绣得真好！"母亲则微红了脸，柔柔地更正："是你画得好。"两人相视而笑，眼波流转间，连空气都溢满了幸福的味道。

兴味盎然时，父亲还会加上一句："哟，这朵花可是下了大功夫了！单这几个花瓣就用了六种红丝线，颜色由浅至深，看起来很有立体感和真实感。"

得到父亲的赞美，母亲绣得更起劲了。一个又一个夜晚，我和父亲早已入了梦乡，她却依旧静静地坐在灯下，用一双轻盈的手拨动那颗敏感细腻的心，把今天的喜悦绣在脸上，将明天的希望绣在心里。就这样，那些千姿百态的花鸟虫鱼，自母亲指尖一点点绽放，烘暖了凉的夜……

母亲最喜绣鸳鸯。家里的枕套、门帘、沙发巾上，一对对鸳鸯相依相伴，尽显绰约亲昵之态。父亲的毛笔字写得好，每年春节，家里对联的横幅，总是一成不变地写着浑厚圆润的"花好月圆"四个字。

母亲去世后，父亲一直未娶。俗话说，少年夫妻老来伴。看着父亲一个人孤孤单单地走出走进，大家都心疼得劝他再找一个。父亲则摇摇头，眼含深意地说："这辈子能完整地拥有过你的母亲，已经足够了。对我而言，她一直在身边，一天都不曾离开过。"

我想，这就是爱了吧！你在或者不在，相伴的两颗心都一直在。

刺绣如画，栩栩如生。它带给人的愉悦感受绝不亚于绘画艺术。

唐人胡令能在《咏绣障》里云："日暮堂前花蕊娇，争拈小笔上床描。绣成安向春园里，引得黄莺下柳条。"后两句的意思是说，在鸟语花香的园子里，安静地坐着一个低眉垂首的女子。春光凝在她的眸子里，幽思化在她的纤指间，素白的丝绸上绵绵延延绽出的春蕾，竟惹得枝上黄莺跃下枝头，欲与其一争风光。

中国刺绣有苏绣、湘绣、粤绣、蜀绣等，其中以苏绣为首。旅行时，在路上曾见过许多绣品，印象最深的是西藏的唐卡。画中的佛像用尽各色丝线，风格华丽，着色浓艳，部分还采用了金箔，更显富丽堂皇。凝视着眼前的庄严，仿佛穿越了前世今生，身心顷刻安定下来。不禁感叹，如此巨幅的绣品，需要怎样的耐心与坚持、淡定与恒心，才能不厌其烦地在光阴里一针又一针重复，心无旁骛地一路向前，直至抵达最后的完美境地。

喜欢刺绣，喜欢它的洁净、幽深、柔美，恰恰对应了安静女子的性情和韵致。刺绣的女子，往往心境如水，淡定若禅。她不做第一，只做唯一。那股云淡风轻的绝世意味，常常痴了君意，醉了少年……

细想，人生不就像一场刺绣吗？只有不骄不躁，专心致志，能一针一线全身心地融入，沉着而缓慢地掌控岁月的节奏和方向的人，才能把生命编织成一块像模像样的锦。

向一棵梨树下跪

我家这棵梨树再也不可能结果实了，就像
爹，再也不能在我耳边唠叨那句"今年掰
枝丫，明年吃泥巴"了。

◎水　山

在我们滇西老家有句俗语：今年掰枝丫，明年吃泥巴。意思是说在采摘果实的时候，不能把生长果实的树枝一起掰断，否则来年就没果实吃了。这句话除了劝导人眼光要长远外，还给人一种感恩的教育，因为果树为你结出了果实，你不能伤害它，而是应该尊重它、善待它。

小时候，爹就经常在我耳边唠叨这句话。我始终认为，这与我家院里那棵蜂糖梨树有关。我不知道怎么向你描述那种被我们称为"蜂糖梨"的梨。据查，生产在滇西的这种梨至今尚无果树专家为其正名归类，因其个大、皮薄、汁多、味甜如蜜，加上老家人把蜂蜜叫作蜂糖，于是"蜂糖梨"在家乡就喊出名了。我家那棵蜂糖梨树，每年都会结很多的梨。

爹在摘梨时，一边教导我"今年掰枝丫，明年吃泥巴"，一边小心翼翼地施展每一个动作，仿佛怕弄伤树枝似的。丰收的梨除了供家人吃外，其他的都被爹装在箩筐里，背到街上去卖了，然后又买回家里一年所需的煤油、火柴、盐巴……爹说，这棵蜂糖梨树是娶妈那年栽下的。我没想到，目不识丁的爹还有这样的浪漫情怀，只可惜命运总喜欢捉弄人，在我五岁那年，妈就因病撒手离开了我们。在凄苦的童年记忆里，只有当秋天来临，院里那棵梨树挂满了光润甘甜的蜂糖梨时才能让我欢快雀跃。我至今还记得，年幼的我蹦蹦跳跳地在梨树下，手指在挂满枝头的蜂糖梨上指来点去，嘴里不停地嚷嚷："要吃这个，要吃那个……"爹就顺着我手指的方向，把一条高板凳端过来、端过去，人也不停地站上去、跳下来，摘了一个又一个，折腾得满头大汗也顾不上揩，直到我满意后才罢休……

在爹的呵护下，我很快长到了会摸鱼捉虾、爬树掏鸟的年纪。那年秋天，一次趁家里无人，我带领几个小伙伴进了院子，然后便很麻利地爬上树去摘蜂糖梨给大伙儿吃。为了讨好大伙儿，我一心想去摘那几个长得特大的梨。不料，我刚爬过去，那枝丫便"嘎吱"一声断了，我几乎是半摔半跳地落在了地上，惊出了一身冷汗，好在并没有受伤。

看着一大权树枝倒垂下来，蜂糖梨滚得到处都是，我吓坏了。爹不止一次说过："今年掰枝丫，明年吃泥巴。"现在一大截树枝都折断了，明年的蜂糖梨一定是一个也吃不着了，我难过极了，泪花不停地在眼眶里打转。小伙伴们也呆呆地看着我，不知所措。我无奈地冥思苦想了一会儿，颤声对他们说："今年掰枝丫，明年吃泥巴。要想明年吃梨的话，看来只有给梨树娘娘磕头请她原谅了。"我不知道自己为啥要称梨树为"娘娘"而不是"倌倌"，也许是美丽的梨花于我是一种女性的象征吧。

小伙伴们听从了我的提议，一个个跪在梨树前，嘴里念着请梨树娘娘不要怪罪，明年继续给我们结又大又甜的蜂糖梨之类的祈祷话。

就在这时，去田间劳作的爹回来了。看到我们一个个跪在梨树前磕头，他有些莫名其妙，等问明了原委后，爹呵呵地笑了，叫我们快起来，说梨树答应了，明年一定会结很多蜂糖梨给你们吃的。听了爹的话，我那颗悬着的心才放了下来。第二年，我就被爹送进村里的小学。因为怕晒那毒辣的太阳，怕淋那肆虐的风雨，怕像爹一样整日在黄土地上不停地劳作，我一下子就喜欢上了教室，喜欢上了这个可以逃避农活与家务的场所。至于那年家里那棵蜂糖梨树究竟结了多少梨，我反倒没有什么印象了。

后来我一路读书，爹也就一路跌跌撞撞地支撑着我，从来没有任何怨言，即使在家中光景最艰难的那几年，也没有说过半句让我放弃学业的话。为了减轻爹的负担，读大学时，我总是利用假期勤工俭学，很少有时间回家。等我工作后，刚想好好回报爹时，他却因长年劳疾，猝然离我而去。出殡那天，爹的棺材静静地摆放在人声嘈杂的院子里，从城里赶回来的我长跪在他面前。泪眼婆娑中，我不经意地抬头就看见棺材后面那棵蜂糖梨树干枯的虬枝。我猛然想起此时应该是个梨果满枝的季节啊，可眼前的梨树却枝干残损稀疏，不知何年已悄然枯死。

爹一直没有挖掉它，也许是想留着等我回来看一眼吧。这是我生命中第一次给爹下跪，也是第二次给梨树下跪。此时我清楚地知道，我家这棵梨树再也不可能结果实了，就像爹，再也不能在我耳边唠叨那句"今年掰枝丫，明年吃泥巴"了。

我终于忍不住悲怆地恸哭起来……

纸上的玫瑰

每个人的一生，或许都会遇到一个或几个这样的人，他们在某个时刻出现在我们的人生旅途中，用爱的光辉照耀我们前行。

◎顾晓蕊

冬日的午后，她在家收拾书柜，翻出一摞书信。她打开信，慢慢地读。信纸的右下角画着一枝红玫瑰，似开未开的花苞，诉说着温柔的心事。沿着记忆的藤蔓，她又想起那段青葱岁月。

同学们聚在一起，在操场上排练节目。过了一会儿，她出场了，开始清唱。几位高年级的同学路过，吹着口哨起哄："唱得太难听了，下去下去，不要唱了。"

轻飘飘的一句话，在她听来却似雷霆乍惊。她脸色通红，流着眼泪转身跑开。

她如一株含羞草，轻风一吹，就会自护般地收敛自己。从此，她不敢在公众场合唱歌，甚至在人多的地方说话都会莫名地紧张、惶恐、手心出汗。

读书成了一种救赎，让她暂时放下卑怯。她也因此爱上写作，将内心的困惑、无奈与惆怅诉诸笔端，在纸页上开出朵朵静默的花。

十六岁那年，发生了一件重要的事。她试着将文章投给一家报纸，没想到居然发表了。

不久后，她收到了一封读者来信，是位大她几岁的男孩儿。他说，她的文字像心底流淌的歌。他还说，羞涩是心灵的花朵，信的末尾画着一朵红玫瑰，向右倾斜着，像在跳舞。

她仿佛听到"嘭"的一声千朵万朵心花开。他的赏识，他的赞美，让她感动得想流泪。

她跑到教学楼后的合欢树下，膝上垫着一本书，用带香味的格子纸给他回信。信写好后，她红着脸，低着头，读了又读，才放心地寄出。

自此，他们信来信往，成为笔友。在盼望与等待中，她迎来了一封封热情洋溢的信。

那些特别的赞美让她相信，只要肯付出努力，总有一天，她会蜕变成翼翅斑斓的蝴蝶，越过自卑的沟壑，领略世间的绚丽景色。

她默念着他的名字，写下一首首朦胧诗，优美的诗行里跳动着一颗年轻喜悦的心。当一颗心遇上另一颗心，她觉得自己不再孤单，因为在同一片星空下，有一双关注的眼睛。

她无数次想象他的模样，期待一场慌悚的相逢。然而，他们生活在不同的城市，这对正在读书且经济拮据的他们来说是无法跨越的距离。

高中三年，她的成绩一路领先。后来，她考上了理想的大学，到另外一座城市求学，两个人失去了联系。他们像两片云彩，在茫茫天际中擦肩而过，又悄无声息地飘向各自的天空。

在曲折颠沛的人生路上，她一直记着他的鼓励，不断阅读，坚持写作。沿着文学的小径，她穿过风雨，化蝶高飞，迎来一个又一个美丽的清晨与黄昏。

多年以后，他再次在报纸上读到她，经过多方打听，取得了她的联系方式。出差时，他"顺路"来到她居住的小城，这是他们第一次见面。他们相约在茶吧，舒缓的音乐静静地流淌。彼时，他们都已过而立之年，只能从对方的目光和笑容里猜想年轻时的容颜。他们聊起美好的过往，微笑着彼此祝福。几杯清茶过后，他们走出茶吧，阳光明亮亮的，晃得她直想流泪。他们相互凝视，十指相扣，让风从指间流过。然后，轻轻地松开，向左、向右，奔向各自的方向。

这段感情，与其说是爱情，毋宁说是爱。因为，爱是比爱情更宽广、更高贵的情感，爱是我们一生都要学习的功课。

每个人的一生，或许都会遇到一个或几个这样的人，他们在某个时刻出现在我们的人生旅途中，用爱的光辉照耀我们前行。

纸上的玫瑰，穿过岁月的烟云，摇曳在她的心头。这样的爱，柔软如花瓣，是那么清新芬芳，那么纯洁高雅，让她每每忆及，心里总觉无限美好。

老成一尊佛

此时的母亲，慈眉善目，平静安详，每一
条皱纹都发散着慈悲与安宁，仿佛端坐的
一尊佛。

◎王　涛

　　母亲喜欢开着电视打瞌睡：靠在沙发上，微闭双眼，两手合拢放在腿上，发出微微的鼾声。此时的母亲，慈眉善目，平静安详，每一条皱纹都发散着慈悲与安宁，仿佛端坐的一尊佛。

　　有一次，我忍不住伸手轻抚母亲放在腿上的手。母亲突然惊醒，睁开眼睛，不好意思地笑着说："老啦，真的不中用了，看电视都打盹。"我不知道母亲如今活着的全部意义，是不是就是我们这些孩子。她说她要亲眼见她的外孙恋爱、结婚、生子，外孙女考上大学。然后，母亲叹一口气说："我就去找你爸了，他一个人在那边肯定孤独。"

　　我不知道，人到中年的儿女在思念故乡的母亲时是不是都与我一样，内心充满了敬畏生命的伤感与酸楚，还有不能在身边尽孝的无可奈何。现在，我每天都会思念母亲，这个给了我生命并抚育我成人的耄耋女人。我一边思念一边想象，母亲守在浸透了父亲太多心血的老房子里，一个人吃饭，一个人看电视，一个人做家务，一个人睡觉。这个曾经充满凡俗热闹与人间烟火的家，现在只剩下母亲一个人留守。这里是她和父亲的家，也是身在异乡的儿孙们的家。

想念一扇窗

一晃很多年过去，年年中秋，想南国的她临窗望月时，会不会想起昔年和她一起趴在二楼的窗前诵"明月几时有？把酒问青天"的旧友。

◎耿艳菊

有一句司空见惯的话说，上帝为你关闭了一扇门，同时也会打开一扇窗。而于我来说，打开了一扇窗，却意外收获了一段美好的友谊。

那是大学刚开学不久，一向喜欢读书的我在图书馆办了一张借书证。借了几本书后，转身欲回，可是那种静谧和沙沙翻书的氛围像磁石一样吸引着我。望过去，尽是各色各样埋头读书的身影，密密的。寻了几间自习室都是满当当的，没有一张椅子闲着。我有些莫名的沮丧。

当我穿过二楼的走廊时，眼前一亮，靠墙的一长溜桌子上有一小块儿空地，椅子也是空的，它在一扇明亮的大玻璃窗下寂寂的。

我欢喜地奔过去，把书放在光滑的浅黄色桌上，打量着周围。对面一个瘦瘦的女孩儿引起了我的注意，她一头鲁豫式的沙宣发，乌黑发亮，尤其是初秋的阳光透过窗子洒在她的身上，那简直成了一道不可忽视的光芒。她端坐着，手里拿着一本徐志摩的诗集，一脸冷漠，夹杂着忧伤。我向她递出一个热情的笑，可女孩儿仍自顾自地沉浸在自己的世界里，我并不觉得懊恼，窗外的风景冲淡了这小小的不快。

我趴在窗子上，望见远处的一小片湖水粼粼地荡漾着，湖上有一座白玉似的拱形桥，一对情侣正站在桥上亲昵地聊着什么。目光往近收是一个紫藤花长廊，藤花不再，苍绿的叶依然葱郁。再往近收，但见窗前立着几株桂花树，明艳艳一片黄花，是秋日的干净色彩。我几乎瞬间爱上了这个位置，暗暗窃喜着。

第二天有课，我去的时候已经半上午了，我爱的位置上赫然坐着一个男生。女孩儿依然在，只是低着头写字。她旁边的椅子空着，桌上凌乱地有几本书，我怅怅地走过去坐下。

忽然被人轻拍了一下，一个戴眼镜的女孩儿站在了我旁边，一字一顿地说："同学，这是我的位置，我刚去了一趟卫生间而已。"我悻悻地站起来，尴尬极了，就走到窗前推开窗，看阳光在桂花上跳舞。

一阵风来，桂花袅袅的香气到处游弋。那个黑发乌亮的沙宣女孩儿惊叫起来："好香呀！"说着已经跳起来趴在了窗上，明净的笑颜，叽叽喳喳地同我聊起了桂花，旧友般亲切，与昨日的冷漠高傲判若两人。

一转身，数双怒目正盯着我们，她调皮地吐了吐舌头，嚓了声坐了下来，又继续写写画画。

过了一会儿，那个男生抱起书走了，我急忙跑过去坐下。女孩儿递过来一个纸条，和我相视一笑。

原来纤瘦的女孩儿竟是学姐，我们学的是同一个专业，同样地不喜欢，而同样地迷恋文学，同样地喜欢窗外的风景。

我们在桂花的香气里纸来纸往，热烈地交流着，竟有一种相见恨晚的感慨。

女孩儿总是去得早，我每次去几乎都能看到她。还有她对面的我喜欢的位置总是空空的，桌上放着她的书。见我去了，笑眯眯地拿起书让我坐。不仅如此，还有一些作为过来人在生活和学业上对我的指点和建议，比如食堂里哪家饭菜好吃，名目繁多的各种协会哪一个值得加入等。她像姐姐一样细心周到地照顾着我。

不久，中秋节到了。家近的同学都回家了，学校里冷清寂寥。我和她离家远，只能望乡兴叹。十五的晚上，我们又聚在了图书馆的二楼。她还带了几块月饼给我，是家里寄过来的。我们趴在窗前吃着千里之外寄来的月饼，望着窗外的一轮明月，第一次离家的我心里暖暖的。然后，又一起背我们都喜欢的苏轼的《水调歌头》。寂寂的长廊里只有我们两个，她向我讲起儿时的趣事，那放肆的笑声一捧捧在月光里流淌。

快乐的时光总是短暂的。一年后，她毕业去了多雨的南方，工作辛苦忙碌，偶尔会和我联系一下。我也响应了她的建议，转了系，选了喜欢的专业，开始忙起来，很少去图书馆了。

后来，我毕业去了北方，我们就像一棵树上的种子被尘世的风吹落在天之南与地之北，彼此失散在岁月里。

　　一晃很多年过去，年年中秋，想南国的她临窗望月时，会不会想起昔年和她一起趴在二楼的窗前诵"明月几时有？把酒问青天"的旧友。

　　一年又一年，不知道那扇窗前又演绎了多少美好的故事！

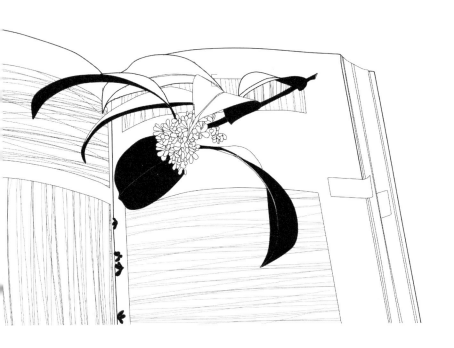

镜中掠影

　　掠影如花不看开，影易逝，花易老。镜中梦华，随星移物转，莫待春去，再做江畔春草梦。

　　人海茫茫，几多沉浮，几多漂泊！人生是时间河流里的一叶扁舟，但无论人生的挪亚方舟如何漂流，亲情永远是你可以栖息的港湾，友情是你一生受益匪浅的储蓄，而爱情则是你相亲相偎、情到浓处亦淡然的心灵相守。珍惜眼前所有，活得轻松一点儿，洒脱一点儿，活成一道美丽的风景……

不见却深念

一张书几，一杯清茶，一纸素笺，驾驭着
笔尖每一个心性淡然的文字，在流年里低
吟浅唱着那一份不见，却特别深念那个人，
那些事。

◎金　惠

　　偶尔听《不见不念》这首歌曲，里面的歌词："叹路走三千，
抵不过流年，仿佛一切都还在昨天，你还在身边，一回神你却走远。
忍住不见不念，别再沉迷沦陷，收起那孤单的执念和每天多余的晚
安。把痛交给时间，等伤口慢慢愈合好转，当回忆开出花也许会更
甜。"这是回音哥第二张华语专辑中的一首歌曲，"暖男"回音哥
将它唱到了聆听者的心底。我静静地听着，心也随之柔软起来，也
许，在每个人的心底都藏着那么一个人。

　　当听到这些歌词的时候，突然想起久违的人和事，也觉得那样
不见可以，但一定不能不念，或许更是深念。往往最牵挂的那人，
不在枕边，却在心底。如果说记忆是淡淡的山水画，那么，总有一
抹色彩伴随涧中零落的花瓣，成为一点儿鲜艳的朱砂。记忆，是那
样一种东西，它记载着时光，录刻着流年，往事随风飘散。多年后
再忆起，虽早已物转星移，故人沧桑，心中却装着一个人，一些事。

张爱玲说："喜欢一个人，会卑微到尘埃里，开出花来。"卑微，多么伤感的一个词，可是，生活在这尘世的我们，有多少人能无视它、避开它，不为它所染。

正如《廊桥遗梦》里的那一份情，想见却没见，不见却深念，带给了我们许多的感动。有时觉得，人生似乎不甚圆满，许多的故事如《梁祝》都以悲剧而结尾，却成为千古绝唱。坐在房间，听着音乐，看着窗外被风打落的叶子飞落在眼前。原来，落叶亦有太多的无奈，我不知道下一季它会在哪里，只是这一季它来过；而我幸运地目睹了，也许心底深处就无法忘却。或许，我们都并不适合做《红楼梦》里的林黛玉，但当收拾起那一地的残花时，还是没办法做到无动于衷。纵然只是片刻的难过，终是无法逃离。

谭咏麟在《爱在深秋》中唱道："以后让我倚在深秋，回忆逝去的爱在心头，回忆在记忆中的我，今天曾泪流。"不禁让自己突然间想起沉寂在心底深处的某个人和一些事。原以为他已随岁月的河流远逝，却不知他在我的心河里深深沉淀，每一次随生活的风浪翻起，都悄悄地触痛着我的心。曾经相遇的人，早已经陌路天涯，一阵风过，那些碎了的花瓣化作固执的曾经在心底深处隐藏。年华悄逝，时过境迁。如果有一处栖所供人怀念所谓的曾经，那么在那一任阶前会有多少人静静打开尘封的记忆，让它重新出现在日光下。

此刻独坐窗前，明月高悬，晚风吹过来记忆中的那些过往，一张书几，一杯清茶，一纸素笺，驾驭着笔尖每一个心性淡然的文字，在流年里低吟浅唱着那一份不见，却特别深念那个人，那些事。

离开你，我弄丢了我自己

这是你漂泊着的城市，我分不清东西南北，
找不到回家的路，你躲进茫茫人海，狠心
地留给我一座伤城。

你将我孤凉地抛下，竖起衣领不顾而去。我假装坚强地转身，肝肠寸断，眼泪像滂沱的雨。

拥挤的街角，偷偷回望你逆风而去的背影，多想回到最初的纯净、最初的心无猜疑。再也没有勇气，不敢亦步亦趋跟在你的身后，或者飞奔过去，攀着你的肩膀把眼泪蹭到你的衣领上，任你抚摩我的长发，轻轻对我说：一切从头。

你愈走愈远，人群如潮水即将把你吞没。我和你的距离，就这样被你坚定地一步一步拉长。我踮起脚来，心中苦苦哀求，求你留给我一个转身，一个深情的回眸，给我一个回到你身边的理由……你全无留恋，倔强的背影越变越小，越来越模糊，终于再无踪影！我和你的青春岁月，一幕幕好时光轰然坍塌、陷落，只剩下恐怖的黑洞，命运的冷手歇斯底里地撕碎我心，丝丝缕缕片甲不留。

丢在与你时空阻隔的另一个世界，我的心空了，腿软了，颓唐地徘徊在熙来攘往的街口。这是你漂泊着的城市，我分不清东西南北，找不到回家的路，你躲进茫茫人海，狠心地留给我一座伤城。

风那么冷，人那么密！每一条街巷都是我解不出的谜题。牵着夜的衣襟茫然四顾，街长楼高，人群是一组一组的蒙太奇，那么陌生又那么遥远地在我的眼前来来去去，没有一张热的脸，没有半点关注的眼神，只有夜色像冰冷苦涩的海迎面而来，恣意泛滥，我被这汹涌如潮的波涛推着，身随魂梦，渐渐变软、变轻，似乎要化成泡沫。

那些糖果一样温暖甜蜜的窗口像妆容艳丽的讪笑的嘴巴，从半空中猝然伸出，逼视我，我该选哪一条路才能逃离？夜风刚刚受了什么委屈，一路惶急地翩跹飞去，在我的身前身后留下迢遥的、寂寞的呜咽。我该怎样才能穿过拥挤的人群去找一处站台，找一列通往尘世之外的火车？哪里有微茫的山径、颓圮的篱墙，可以容我布衣罗袜，过不爱不恨的生活？

……

夜深了，没有星，没有月，只有尸布一样的黑暗在默默哀悼白日的长终，我身不由己地走。脚下恍若陂陀的道路，时而深陷，时而颠簸；眼前一味雷同的楼宇，时而劈面而来，时而擦身而过。我来自何方，我身在何处？我是被谁丢弃的叶子？哪里有属于我的那一抔土？一路叩问内心，一路哭个不停，眼泪一直不受控制，汨汨地长流，四肢百骸都在争相化作水，生命就要从眼里毫不留恋地流走。

……

那一夜，侵阈的荒芜直逼我心，让爱情这两个字从此连根拔起，弃我而去。与你在一起时那些磨不损的坚固的时间滴在心坎上，一寸一寸地凉，我自此学会做披甲的虫，因为害怕伤害，时时把自己裹紧，躲进柔软的内心——这一生，我飘摇的微命一直沉溺在水里，一直承受着载沉载浮的凌迟。

离开你，我弄丢了我自己……

不做装睡的那个人

青春，不属于息事宁人的时光。即使来不
及长大，我们也不能做躺在花丛中装睡的
那个人。

◎孙君飞

匆匆那年，怎样致青春？

确实青葱，但不等于潦草、混乱和颓废，匆匆意味着告别温馨童话，迎来闪电般的诗，活力猛烈，速度极快，渴望走遍地球，还要摸一摸星星的棱角。

谁不欣赏电影《三个火枪手》中，作为过来人的老父亲给儿子的那句有血有肉有骨头、发光发热发荷尔蒙的话呢？

年轻的达达尼昂即将离家远行，老父亲却拦住他，有话交代，他的脸不由一黑："我知道你是想告诫我不要惹事，别主动挑起决斗。"

没想到老父亲竟掷地有声地吩咐他："不！尽管惹事！要决斗，要恋爱，要生存。"

老父亲在教达达尼昂学坏吗？不，他在要求自己的儿子去做顶天立地、敢作敢当的这个人，而不是躺在花丛中装睡的那个人。

与其说"青春"是个名词，不如说是个动词，一整本词典当中，唯有"行动"能够跟它匹配。动起来，动起来，哪怕有些狼奔豕突，也在为青春开拓疆土，增光添彩。每个年轻人都堪称自己的国王，除了自己，没有第二个人能够为他颁发勋章，他现在的行动就是他明天的荣誉。

　　我很欣赏韩国演员金秀贤在电视剧《Dream High》中所说的一句话："我的梦想真的很美，美到让人发疯。只要不放弃，机会就一定会轮到你。"

　　我们的梦想美到让人发疯，这个世界也美得让人发疯——发疯到匆匆，发疯到难免出错，连上帝也会原谅我们。躺在花丛中装睡的那个人，至多能够接触一小片的美，而且他的视野又低又窄——这一小片美就把他压趴下了，他辜负了青春，也辜负了世界。

　　动起来，动起来，再不行动就晚了，再不大面积地接触、长时间地摩擦世界，就会被梦想和美遗忘在角落里了。

　　我也很欣赏作家周德东那种匆匆忙忙、深入浅出，即便东风不来也要拥抱世界的做法。

　　他不懂英文，更不懂什么法语、荷兰语，只会一句："How much？"但他就是敢动起来，凭这一句话竟然走了十多个国家。周游列国时，他最爱买玩具，这成了他在欧洲旅游的全部内容。当别人在游览景点，他只顾见缝插针钻玩具店。是什么让他如此匆匆，又如此疯狂？只因玩具同样"美得让人发疯"。他背着大包小包回到中国，女儿收到搁满地板的玩具，不由目瞪口呆，然后为大到出界的幸福而欢呼尖叫。这一刻，周德东也将另一件宝贵的礼物交到了女儿手里——有一扇门无声打开，世界的美和快乐汹涌而至。

　　为什么要一直等，一直等，非要等到万事俱备才肯动起来呢？

　　青春匆匆，经不起太多的等待；世界的残缺和不完美，正需要我们依靠行动和创造去填充、去弥补。造再唯美的梦，不如推开门，扑进世界的怀抱，来一场痛快淋漓的爱恋和奋斗，即使受伤，也把心交给世界，也把青春结结实实地雕刻成永不孤单的纪念碑。

　　青春，不属于息事宁人的时光。即使来不及长大，我们也不能做躺在花丛中装睡的那个人。要行动，要做事，要交友，要经历爱恨恩怨，要撞击世界，撞出属于我们的火花和惊心动魄的美。

眺望十年后的自己

一年，十年，是一种岁月的积淀。十年所
收获的，需要一年又一年的累积，才能有
质的飞跃。

那天看到周迅说她从十八到二十八岁的人生经历，很感慨。

周迅十八岁的时候在浙江艺术学校上学，那时候，她还是个不知道自己到底想要什么的女孩子。

每天与同学们唱唱歌，跳跳舞，疯疯玩玩，生活混混沌沌。

她记得清清楚楚，1993 年 5 月的一天，艺术学校里的一位老师忽然把她叫到办公室，问她："现在的生活，你满意吗？"她摇了摇头。老师笑了，说："不满意的话，说明你还有救。你是一棵好苗子，但是你对人生缺少规划，散漫而混乱。你现在来想想，十年以后的你会是什么样子？"

十年之后？这么遥远的事情，她还真从来没想过。

老师说："没想过是吧，那现在就好好想一想，想好后告诉老师。"

她沉默了好久，慢慢地说："我希望十年之后，自己会成为一名成功的演员，同时可以发行一张自己的音乐专辑。"

老师说："好，既然你确定了，我们就把这个目标倒着算回来。十年以后，你二十八岁，那时你是一个红透半边天的大明星，同时出了一张专辑，那么，你二十七岁时，除了接拍各种名导演的戏以外，一定还要有一个完整的音乐作品，可以拿给很多唱片公司看；二十五岁的时候，在演艺事业上你要不断进行学习和思考，在音乐方面要有很棒的作品开始录音了；二十三岁时就必须接受各种训练，包括音乐和演技方面的；二十岁时就要学作曲、作词，在演戏方面要接拍大一些的角色了……"

从此，她把老师的话记在了心里，她觉得自己整个人都觉醒了。

一年以后，十九岁的她从艺校一毕业，就勇敢地闯荡北京，成了一名"北漂"。

她始终记得，十年后她要做一名成功的演员，所以对角色从开始就很认真地选择，后来她拍了《大明宫词》《橘子红了》等影视剧，慢慢被观众所熟知，然后再签约李少红导演的影视公司，也慢慢尝到了成功的乐趣。

2003 年的 5 月，正好是老师与她谈话的十年之后，她果然成为国内的一线红星，知名度正渐渐向国际拓展，她也果真有了属于自己的第一张专辑《夏天》。

十年时间，不算长，也不算短。

想想自己，1993 年，我还在读初中，应付着没完没了的考试与测验；十年后的 2003 年，我已在上海，在公司工作、加班，为了想在这个寸土寸金的城市买一套属于自己的房子，给自己一点儿归属感而努力。

这十年，觉得自己大部分时间处在一个尚未觉醒而浑沌的状态。

再后来，2004—2013 这十年，在上海这个城市扎下了根，有了自己的家，有了两个孩子，为工作、为家庭、为孩子日复一日地忙碌。感觉自己慢慢觉醒，梦想渐渐萌芽，利用业余的点滴时间努力读书、写作，发表了二百余万字的文章，成了《读者》等期刊的签约作家；写了一些专栏，进入了作家协会，出版了四本属于自己的书，入围了鲁迅文学奖。

这十年，说遗憾，有；说后悔，也谈不上。在上海这个自己没有任何根基的城市，为了基本的生存，花去十年，谈不上后悔。

那么，2014—2023 这十年呢？十年之后的自己，该是什么样子？

是时候该想一想了。

十年时间，一个呱呱坠地的婴儿能够长成一个天真浪漫的少女；

十年时间，一份卿卿我我的爱情能够沉淀成血浓于水的亲情；

十年时间，满头的青丝能够变成斑斑的两鬓白发。

一年，十年，是一种岁月的积淀。十年所收获的，需要一年又一年的累积，才能有质的飞跃。

一年的努力可能看不出什么，但十年的努力就可能是水到渠成。

一年的梦想很梦幻。十年的梦想，可能就成了活色生香的现实。

所以，从现在起，眺望十年后的自己。

我心素已闲

闲是心里藏着一个人，是不知所措的心猿
意马，是夜雨做成秋，恰上心头。

◎李柏林

一个人伴一场雨，一首歌伴一孤影，是真的闲了。

天气微凉，落叶带来季节的问候，可飞雁却捎不来你的音讯。外面有雨，滴滴敲打在窗上，突然感觉心静下来了，想到一些人、一些事，竟也想做个只听雨声不问世事的人。

今夜若无大雨如注，你是不是也不会想念成灾？

不知道在多少个烟雨时节，那打伞的伊人已不在，却仍有人停留在那份闲情里，说着"执子之手，与子偕老"的情话，承诺着一生只爱一个人。蒹葭苍苍，白露为霜，我是寻不到岸的兰舟，却甘愿一世只怀一种愁。

闲是心里藏着一个人，是不知所措的心猿意马，是夜雨做成秋，恰上心头。

闲情多半是在遇见一个人的时候最美，也有心去体验这种闲情。想到李清照初见赵明诚的"和羞走，倚门回首，却把青梅嗅"，这不是闲情吗？那一"嗅"看似无心的举动，却是做给赵明诚看的。也许当时的易安便是那一朵青梅，等着赵明诚这个归人。有些人，只一眼，便惊刹了时光，日后回想起来，只记得那时花，那时雨。

君问归期未有期，可是花也有花期，闲情开罢，便只剩了闲愁。愁是情结的果，涩涩的，让多少人酸出了眼泪。

这世间万般风情，都为多情而设。相遇便有了多情，多情便有了等待。有了"无言独上西楼"的寂静，有了"山有木兮木有枝"的缱绻，有了"思郎恨郎郎不知"的失落，最后只剩下"红楼隔雨相望冷，珠箔飘灯独自归"的惆怅。

而这世间，在等待中最有闲情的便是赵师秀了。一首《约客》醉了多少人的心，也碎了多少人的泪。"黄梅时节家家雨，青草池塘处处蛙。有约不来过夜半，闲敲棋子落灯花。"

想着那么一个夜晚，细雨淅淅沥沥，似一个一直讲故事的人，重复着与友人的过往。夜将风、将雨送进了每家每户，却唯独没把自己要等的人送来。等得来蛙声处处，却等不来一个人的脚步声，一个"闲"字，又写出了多少等待的苦涩？我想，那棋子必定敲得温柔而惆怅，那灯花却剪得急促而焦虑；心如火烧一般，耐性被一点点剪掉，可是棋子却一直让自己镇定啊镇定啊。外面有风有雨，屋内红烛明灭。冰冷，只有棋知道。

这世间因了一个等待，所有岁月都温柔起来了。闲了，是因为心里藏了一个人，再也干不成别的事情了，只能看花看月亮，心里却似千军万马，想着你可曾瞥见我看花看月亮，思君盼君呢？你说在等待的时候，让他看一本书，那是万万不可能的。心猿意马，心里想着怎么还没来啊，也只能敲敲棋子落落灯花，用手上的行动来掩饰内心的不知所措。

情深，万象皆深了。你问他闲情几许，他也只会答一川烟草，满城风絮，梅子黄时雨。

因为情深，席慕蓉甘愿做一棵会开花的树，为了那个人的到来，慎重地开满了花，只为送他一处风景；因为情深，仓央嘉措甘愿升起风马，摇动所有的经筒，听一宿梵唱，甚至转山转水转佛塔，只为途中与她相见。

等待也会上瘾，在那如下着雨般的年龄，他就像是青苔长在你的心上，眼泪越多，思念就越泛滥。你也记得那时年少，多少个夜晚，紫色的罗帐里，牵牛花铺满一床，无事夜阑听雨，雨滴啪啦啪啦地打在窗前，你的眼泪也落满床，便有了一朵朵带着露水的牵牛花。你想着雨下这么大，他会打一通电话吗？你是无事吗？你是除了听雨思念，再也立不安睡不着了；你看着风携来雨，思念携来眼泪，而夜终究没有携来他。你就这样失望与希望伴随着过了一个夜晚。第二天，这些心事你又不足为外人道，红肿的眼睛说是夜里看小说看的，别人夸你夜雨看小说，多有闲情啊，可是别人哪里知道，自己就是那小说啊。

感动自己的爱情不是好爱情，可是，几番闲情虚设，这世间有太多爱情，最终却只是感动了自己。

等待，让我们再也做不成其他的事情，只顾着享受闲情了。等待中的女子，是一朵素素开的花，开得触目惊心，却又佯装得漫不经心。等待中的女子，也爱焚香抚琴、舞文弄墨，可是曲不成调、诗不成行，唯一能弹好写好的，只有儿女情长了。

那种年龄，我们在等待里将一处情写到极致，将一颗心虐到极致，最后记不清是什么时候，风停了，泪干了。爱一个人就如同是在雪地里画画儿，无论是冰冷还是欢喜，都只有自己知道，到最后太阳出来，一切都无迹可寻，那处风景也只是走过自己的心。可是日后回望起来，这等待的过程却依旧美得让人难忘。

"我心素已闲，清川澹如此。"我想那时的王维心里便静得只剩下这汪溪水了吧，所以甘愿为这一处风景放下功名利禄，抛下世俗繁华。而爱一个人如鹿切慕溪水，思念也如清泉一般流经身心处处。我想，走过这道风景，心是真的闲了，闲得只剩下他；心是真的静了，只愿听他的低语。可是却只有他才能让你心猿意马，举棋不定；只有他才能让你扬起风马，转山转水；也只有他，才能让你甘愿在多少个无眠之夜闲敲棋子落灯花。

每日七条短信

表达爱的载体，也许是卑微的，但那份情感却同样至真至纯。

◎江泽涵

漂流了一下午，已不堪疲乏，我在溪边找了一家点心摊儿，先垫垫肚子。这摊主是个右足微跛的老人，只微微地笑着，也没个一言半语的。他枯瘦的脸上记录着沧桑，额头的惨淡尤为深刻，似已年逾古稀了。

我要了一个玉米，两个茶叶蛋，坐到一旁的石头上忙乱地吃起来。许是天气转凉，游客少了——生意也淡了。他开始玩起手机来，这是一部崭新的诺基亚呢。他小心或说笨拙地按着键，按一下，想一下，时不时傻笑一下。我想这不像是玩游戏胜了的样子。

他忽然向我投过来目光，说能否问我个字。我说你问。我的余光扫见，他是在发短信。他说，熬——熬夜的熬。他不会拼音，但认识几个字，能勉强用笔画输入法。

我帮他在手机上按了出来，顺便瞟了一眼屏幕，按这说话口气，该是发给孩子的。他没有一点儿羞赧，憨憨一笑，说："我就是笨哟，小儿子手把手教了我好几天，都还不会用呢。"

听这连续的开口，我才发觉他并不是很老。他讪讪的，才五十四呢。他这会儿没什么生意，我也不急着回家，我们就闲聊起来了。

他的老伴过世得早，一共七个儿女，都在省外城里打工，只有两个女儿已经成家了。他觉得很对不起孩子们，孩子们倒也孝顺，每人每月挤出一百块给他当零花钱。但他没有花过一毛钱，都存在了银行，他很天真地想用这些钱给孩子们造房子结婚。他还背着孩子做别的打算：冬春两季忙着种植，夏秋之日可以推着三轮车来漂流区，卖些茶叶蛋、烤土豆、芋艿、水煮玉米和荸荠。游客虽多，但摊子也不少，收入自然不会丰厚。有时候，卖剩下的还得自己当饭吃掉。不过，他看起来已经很满足了。

手机不是他买的，也不是谁送的，而是人家漂流的时候掉的。手机里原是存了两个号码的，但他不知道怎么回拨，又等了一个月也没见失主打来，于是就起了"坏心"。

我老早就想要一个手机了。去年中秋，二丫头回来，见我累倒在院子里，就打算要接我出去，不然伤了病了都没人知道。嗨，我才不去呢。她又说那也要给我买个手机，一天报一次平安。我想了想还是算了。我说，我和左邻右舍天天照面，我要出了什么事，他们会第一时间到村里的小店给你们打电话的。

如今几百块的手机到处都有，二手货更便宜些，或许他认为手机就是昂贵品的标志，或许几百元在他看来也算天价了。

忽地，他怯怯地缩了一下身子，看着我的眼睛，问我："捡的不算偷，不犯法的，对吧？"我说："如果数额大的，不报警上交也是违法的。"这款手机也就七八百，人家竟都没来个电话问一声，想来是根本不在乎了。当然，也可能是没抱任何能寻回的希望。后面这句话，我还是止住了。

他在保存短信的时候又遇上了困难，他把要发给七个孩子的短信都存了草稿箱，每条都翻了两页多，内容也大同小异：有称呼，按排行来的，比如三儿、四儿、七儿；第一句都是说我今天很开心，身子也很好；第二句都是问你今天的情况；第三句起有所不同了，是每个孩子各自的一些零碎情况，以及城里乡间的那点新近趣事；最后一句又一致相同，对自己好，对别人好，把人做好，有空了回家来，爹给你做好吃的。

我的心底随之升起了一股暖流。我问他为什么不发出去。他说，他怕等会儿想起来还有话要说。我说，那可以再发的。他摇摇头说，要一毛钱一条，一发一回就得两毛。他是每天都等到天黑后再一起发出的。

我的心头一阵儿苍凉，又一阵儿温暖。表达爱的载体，也许是卑微的，但那份情感却同样至真至纯。老人把对七个儿女的爱都紧紧地浓缩进了这每日的七条短信里，却又显得那么广阔。

爱如捕风，情若捉影

那声"谢谢"里，仿佛有一片隐秘的羽毛，
虽然轻微细小，却横亘在两颗心中间变成
了一堵墙。

◎朱成玉

男人在爱情中的姿态，用一个具体的形象加以表达的话，那就是奔跑。

正如笑话里说的那样，减肥中心给那些胖男人提供的妙方，是一些苗条而又健美的女人，她们妩媚地对他们说"追上我，我就属于你"。接下来男人们便开始日复一日地奔跑，跑得大汗淋漓眼冒金星，跑得昏天黑地喘息不止，直到跑得衣带渐宽，方才如梦初醒。

在爱情世界里便是这样，男人们看起来总是要比女人行色匆匆。女人们认为恋爱应该是如诗歌般美好，音乐般让人愉悦，所以不紧不慢地漫步在爱情的风景中；而男人们则心急火燎，跟在欲望和大男子主义的屁股后面穷追不舍，只想尽快把爱情变成床上的一个枕头，或者桌子上的一本台历。

这跟看书是一个道理的，书非借而不读。男人们总是千篇一律地重复着这个古老的逻辑：既然这本书已经是我自己的了，什么时候读都是一样的，于是将之束之高阁。等到自己想要好好读的时候，可能已经老眼昏花，而那本书也可能虫蚀鼠咬，缺张少页了。

英国作家倪高斯说："婚姻是一部书，它的第一章是诗歌，其余都是散文。"英国诗人济慈说："我见过一些女子，她们真诚地希望嫁给一首诗歌，却得到一部小说作为答案。"旅加华裔作家杜撰说："婚姻是一部书，它的封面是圣经，内容却是账簿。"

一生习惯奔跑的男人，需要一把修身养性的椅子，该停下来细细品味一下自己的爱情了，尽管那爱情已被扔进生活的油锅，被烹炸得面目全非。

然而生活就是生活，一切美好的愿望也只能是愿望。男人们一如既往，始终在奔跑。不同的是，恋爱的时候，他们跑在女人后面，结婚之后，就跑到前头去了。

大龄女孩儿们纷纷感叹：男生就像食堂里的菜，虽然难吃，但是去晚了居然没了。

李银河这样奉劝过剩男剩女：如果你很想结婚，那就不一定非要等到爱情不可，跟一个仅仅是肉体的朋友或者仅仅是精神上的朋友结婚也无不可；如果你并不是很想结婚，而且一定要等待爱情，那你内心要足够强大，要做好终身独身的准备，因为爱情发生的概率并不太高。

对于女性来说，再豪华的单身也比不得一个温暖的依靠；对于男性来说，娶错人比不结婚还恐怖十倍。

圣经里说，爱如捕风。事实是，爱情并非无迹可寻，只是让人有些摸不着头脑。爱情是盲目的，爱神之箭常常是胡乱射中怀春的男女，大有乱点鸳鸯谱之嫌。男人们喜欢发誓，而爱情中的女人智商为零，测量不出誓言和谎言的距离。

更凉的风往往来自于激情过后的冷淡，常常会令一颗心不寒而栗。

有这样一对男女：相互是工作搭档，也是生活中的朋友，他们之间有心照不宣的感情；但男人是个有妇之夫，想爱却又不能爱的痛苦纠结着彼此，女人终于决定离开，最终天各一方试着让时间去冲淡这份想念。

这样沉寂了一段时间后，一个雨季的早晨，那女人从另一个城市赶来，只为了给这个男子过个生日，陪他吃一碗生日面。时间没有让女人的情感有丝毫的削减，反而叠加了许多。

而那男子呢？

男子说："那么远，跑回来干吗呀，打个电话不就行了！"言语间透着一股穿透岁月的悲凉，感情终是要向现实低头的，一阵冷风吹散了两人的暧昧，从此调转船头，各安天命。

女人并无怨怼，相反却觉得释怀。一念放下，万般自在。

女人临走前送给他一枝花，上面写着一句话：亲爱的，请接受这枝最后的玫瑰，是你解开了我身上的绳索，谢谢。

那声"谢谢"里，仿佛有一片隐秘的羽毛，虽然轻微细小，却横亘在两颗心中间变成了一堵墙。

墙上映着月光，斑驳的树影，正如新欢旧爱聚在一起拧成复杂的脉络——爱如捕风，情若捉影。

守候一株水仙

守候一株水仙，就是守候一个顽强的生命，
就是守候一颗执着开花的心。

◎朱钟洋

　　那年春天，我把母亲从乡下接进城来同住。一进门，母亲便看到了窗台上的花，满心欢喜。窗台上，葱兰、芦荟、吊兰、茉莉……在暖暖的春风里，长得郁郁葱葱，娇艳欲滴的叶子沐浴在阳光里。

　　忽然，母亲看着窗台一角的花说："这盆花都蔫了，真可惜。"母亲久居乡下，不识得那盆花。那是年前妻在县城一家花店特意买的水仙，就因它能赶在过年前开花，能给我们的新年增添一抹淡香，让我们感受到生活的富贵和灿烂。如今，已是阳春三月，水仙花期早过了，它的枝叶散了，耷拉着，渐渐腐朽、干枯。水仙已经走过了生命里最美的时光，赖以生存的根须已被掏空了养分。

　　我安慰母亲说："这是水仙，花开花谢之后就变成这样了。因为我们这里的气候土壤不适合水仙生长，它以后再也不会开花了。你看到的那些开花的水仙都是从外地买过来的。"说完，我用手轻轻一提，水仙便从沙土里提出来了，一粒粒细沙稀稀落落地粘在水仙的根须上。

我刚要把水仙扔掉，母亲慌忙制止我："好歹也是生命，怎能随手扔掉呢？"母亲抢过水仙，像宝贝似的把它种在一个闲置的大花盆里，还用黑泥把它的根须盖好，压实。

　　看着母亲执着的样子，我没有再说什么，只能任由母亲去折腾。

　　母亲把水仙摆在窗台最靠近阳光的地方，日复一日地浇水、施肥、松土、除草。可尽管母亲费尽心思，它还是渐渐蔫下去，直到落尽最后一片叶子。

　　我以为，只要水仙落尽了叶子，母亲便会不再搭理它，可母亲仍旧日复一日地呵护它。在母亲心里，只要水仙一息尚存，就还有希望。

　　夏天过去了，秋天也接近了尾声，母亲告诉我说："你知道吗，水仙又冒出绿芽了。"

　　我点点头，看着母亲高兴的样子，笑了。我知道，即便水仙长出了绿叶，也是一株野草，不会再开花了。

　　果然，一切如我所料，一年又一年过去了，水仙只管在冬日里长出茂密的叶子，然后在春日里悄然落尽。尽管水仙从未放弃过生命，但它丝毫也没有开花的迹象。

　　又是一年春草绿，当我忙完了一天的工作回到家的时候，母亲惊喜地告诉我："水仙开花了！"我走近窗台，凝望着那株水仙，我惊呆了——就在一丛水仙叶子的中间，单单一朵水仙花恣意地绽放着，如从天而降的仙女，超凡脱俗。

　　在我们这里种植的水仙不是不能开花吗？这株水仙是怎么开花的？我惊讶得张大了嘴巴，连呼吸都屏住了。我的眼睛一眨也不敢眨地看着水仙花，生怕转眼之间这位落入凡间的仙女就要离我而去。

一株被带离故土的水仙，花开花谢之后，在快成一株干草的时候，被一位疼爱它的人拾起，小心浇灌，倍加怜惜。想不到，身处他乡的水仙，在主人日复一日年复一年的守候中竟然也能绽放出最美的花朵，以独有的姿态展现自己的价值。

守候一株水仙，它是不会让人失望的；守候一株水仙，就是守候一个顽强的生命，就是守候一颗执着开花的心。我们的身边是不是也有一个疼爱自己的人在守候？我们的生命是不是也能像一株水仙一样少一些抱怨，多一些坦然；少一些嫉恨，多一些珍爱；少一些冷漠，多一些感动？珍惜生命里所有的好，让生命极致绽放，一次，又一次，再一次……

住在一个人的心上

你知道，你早就住在了她的心上，你的一
举一动，时刻牵扯着她的喜怒哀乐，你的
平安就是她的幸福。

◎苇　笛

北风乍起，她的短信随风而至："天冷了，注意多穿点。"暴雨未至，她的短信抢先而到："要下雨，记着带伞。"至于大雪时节，她的短信更是如影随形："雪天路滑，不要骑车了。""下班别急，路上走慢点……"一直以来，她的短信就如同一位贴身的保姆，时刻跟随着你。其实，跟随你的又何止她的短信呢？

知道你喜欢喝茶，尤其是偏爱龙井，于是，年年春天，总有一盒新鲜的龙井来到你的桌上，为此，她专程跑到市内最好的茶庄，为你买下顶级的西湖龙井。知道你喜欢桂花，年年秋天，你的案头总是飘着甜蜜的桂花香，为此，她专门驱车远郊为你采撷新开的桂花。知道你喜欢橘子，年年冬天，你的手边少不了酸甜可口的薄皮贡橘，为此，她跑遍市内的大街小巷，才找到你最爱的这种橘子……是的，她是如此珍惜你，总想给你最爱的一切。

对你来说，她的心就像一台灵敏度极高的雷达，时刻捕捉你心灵的波动。尽管你有时刻意隐瞒内心的忧伤，可她只要一眼，就足以看出你心底的秘密。于是，在她清澈的目光下，你索性将烦恼一吐而光；而她的劝慰犹如春风拂过冰冻的河流，让你重新听到流水的声音。是啊，聪明的她，总能在满天的阴霾中捕捉到阳光的痕迹，然后携着你的手走进阳光地带。

当然，除了阳光，你们的生活中也会有阴雨。当你无意中冷落她的时候，当你无意中疏忽她的时候，她会哭，她会闹，她会不依不饶地指责你。而你，只要拥紧她，一遍遍地在她的耳边柔声低语"宝贝我爱你"，她很快就会安静下来，如一只乖巧的猫咪，紧紧地依在你的怀里。那时的她，眼角依然含着泪水，可唇边却已溢出笑意，只看一眼，就让你的心生出无限的怜惜与疼爱。

你的工作，注定了你的漂泊，许多时候，只要单位一个电话，你就要奔赴远方。人在他乡，无论多忙多累，但每晚10点，你都要给她一个电话。你知道，她习惯10点上床，只有听到你的声音，她才能安然地进入梦乡。其实，你也清楚，她要借助你的电话来确定你在异乡的平安。只有知道你安然无恙，她的心才能平安踏实。

曾经的你是个莽撞的少年，喜欢大口抽烟大碗喝酒，更喜欢和一班兄弟去荒野里飙摩托车。然而，和她在一起后，你不知不觉中戒了烟、离了酒，至于飙车，更是想都不想。为此，兄弟们常常嘲笑你，嘲笑你真是老了。对于兄弟们的嘲笑，你只是淡然一笑："老就老吧。"是啊，老有什么可怕的呢，真正可怕的是让她提心吊胆，为了让她安心，你愿意做一个平淡甚至乏味的男人。

是的，和她在一起的时间越长，你越是清楚自己在她心里的分量。你知道，你早就住在了她的心上，你的一举一动，时刻牵扯着她的喜怒哀乐，你的平安就是她的幸福。所以，这一生，你一定要好好活着，活得健康，活得快乐，活得让她放心。

听 山

我下山的脚步，也变得异常轻快，耳边
依旧有山的声音，是叮咛，是嘱托，更
是希冀。

◎初 夏

一个明朗的早晨，来到了几十里之外的山里。山外早已是落叶
满地，一片枯黄；而这山里竟然还是如秋雨初霁，暖阳如瀑布一
般从山脊倾泻而下，整个世界一片耀眼的苍翠。许久以来，一直
郁郁寡欢的心，仿佛被涂抹上了一层金色的光芒，怯怯地欢呼着，
喜悦着。

同行者大都是久玩户外的朋友，对这山并不陌生，看他们熟稔
地翻过一道又一道的山梁，越过一条又一条的浅溪，我逐渐地有些
力不从心，慢慢地落在了后面。正午的太阳肆意而热烈，山里的空
气中弥漫着一种芳香，醇厚而又遥远。前面的喧哗声已经逐渐远去，
直到听不见了，待后来转过又一道开满野菊的山梁之后，我索性停
下了脚步，四周静谧极了，连风都不曾有一丝的响动。

我闭上眼睛，感受着山的情感、山的力量。而这山，如同一位
沉默的智者，我不说，山也不言。

渐渐地，我听见一声虫鸣，继而又有一声虫鸣，接着，仿佛有十只百只千只的虫儿都开始歌唱。风声也起来了，如同在这千百只虫儿的合唱中加了美妙的管弦乐一样，铮铮有力，扣人心弦。想必是这如盛典一样的合唱，引得那些原本骄傲地躲在巢穴里的鸟儿们也开始纷纷探出头来，加入到这大合唱中来。听，谁的声音独唱一般，在这千百种声音里跳跃出来，如战鼓一般高亢激昂，原来是那从山谷里一斜冲天的鹰发出的怒吼！风声也变得紧急起来，如催征的号角，呼唤着千军万马纷沓而来。顿时，虫儿噤声了，鸟儿闭嘴了，仿佛一个伟大的乐章到了最高潮最激动人心的时刻，所有的人都屏住了呼吸，按捺住急不可待的心，等着，等着……

　　不知道过了多久，是一天还是一年，抑或是一个世纪，终于，安静下来了。只听见树叶与树叶间的摩挲，树木与树木间的细语，野花与野花间的倾诉……间或有飞禽走兽掠过草丛和枝头而发出嘶嘶的声音，没关系的，谁还会在意这微不足道的瑕疵呢。再优秀的音乐家也难免会有些错误的音符，就好像是我们的人生，在长长的过程中，怎么会没有一点儿坎坷和磨难呢？

　　我早已经是泪流满面，如一位虔诚的信徒，匍匐在山的面前，哽咽不已。

　　山转弯处，传来同行者们呼朋引伴归来的声音。天色早已经是薄暮时分，晚霞把山岚次第织染出一片炫彩。同行者惋惜我没有看到山顶那壮观的景色，我说我听山了。他们都大惑不解，只有我自己知道，自己是多么幸运。我下山的脚步，也变得异常轻快，耳边依旧有山的声音，是叮咛，是嘱托，更是希冀。

爱与回忆

其实，回忆的树没有多大，故事的叶片也
没有多繁密，只是，有情有义的光阴很长
很长。

◎马　德

一

你可以撇下一个人，放下一段爱，但你无法躲开回忆。

回忆，就是以爱的名义，在时光的肌肤上拉下一道伤口。回忆
的疼，本质上是一个人撕扯着自我时光的疼。

二

你可以一转身，跟几乎所有的人成为陌路。但深爱的人，不能。

一座座山，一条条河，一段段路，一个个街角，小吃店靠窗的
位置，咖啡馆临街的一张桌，梧桐树下幽暗的一盏灯，被风掀起
的伞盖，雨中迷蒙的红绿灯，摇下车窗后迷离的笑，夕阳下的携
手远眺，有关爱的一切，在心里一棵一棵都长成了树。不见风吹，
却哗哗作响。

其实，回忆的树没有多大，故事的叶片也没有多繁密，只是，有情有义的光阴很长很长。你，不得不跟过去以及过去的那个自己重逢。

三

回忆不会让一个人的情感走向毁灭，相反，却可以让灵魂走向丰富。

一个人，在回忆中马不停蹄地走下去，也不是为了找回爱情，或许，只是为了找到自己。

四

能把一切都撇得一干二净，不留下一点儿回忆的人，根本就没有深爱过。

最深的爱情，其实就是一场连绵的雨。雨过后，天放晴了，而看不见的雨水早已浸润到了大地深处。

回忆，就是用很长很长的时间在心底，一点一点蒸发这些水分。

五

对于已然放手的爱，回忆没有任何意义。

不过是，忆一段，痛一段；痛一段，释然一段；释然一段，好受一段。

爱逝去了，其实，回忆没有力量，却也成了最后的力量。

六

不爱了，还要不停地回忆下去，实际上是在非现实的幻境里，用回溯的方式一遍一遍地仰望痴情的自己。

然后，一遍一遍地追问：为什么一颗可以征服世界的诚挚的心，却不能赢得一个人的爱情？

就这样，在仰望的光环中，一次一次地肯定着自己。再然后，用这样的肯定，一次一次地灼伤自己。

七

爱的温度，是在回忆中逐渐凉下去的。

这个世界，能在回忆中余温不散的人，不是爱得最深的人，就是彼此懂得的人。

放手了还能有爱，其实，就是用回忆的余温，对对方不绝地守望。

八

逢场作戏的人，没有爱的回忆。

因为，逢场作戏的人，没有必要在这件事上与自己再逢场作戏。

虚情假意可以骗取爱情，却骗不来刻骨铭心的回忆。

九

有的人，一辈子把爱的秘密藏在回忆里。

回忆，该是人世间一处最安全的地方吧。你尽可以一遍遍地打开它，一层层地翻看它，一回回为之肝肠寸断，一次次为之百转千回。

最终，秘密在回忆里，回忆在心里，心在锁里。锁在岁月里。

就这样，一辈子。

十

心中有恨的人，不要去回忆。

回忆只能使自己恨上加恨，最后，爱变成了仇怨。

有恨的人，不是不想放下爱，而是不愿放下自己的占有欲。

占有欲，是人性的敌人，也是爱的大敌。爱，从占有欲开始，也最终被占有欲瓦解。

十一

如果，能在爱的回忆里甜蜜地走一辈子，你最终收获的只会是幸福。

当然了，回忆能让你幸福，一定是遇到了以下两种情况：要么是你在最合适的时候，邂逅了这个世界最对的人；要么是这段情，遇上了这个世界最懂爱的你。

和父亲坐一条板凳

我们父子俩还像以往一样，不怎么说话，
只是安静地坐着，坐在陈旧而弥香的板凳
上，任时光穿梭。

◎孙道荣

上大学后的第一个暑假，回家。坐在墙根下晒太阳的父亲将身子往一边挪了挪，对我说："坐下吧。"印象里，那是我第一次和父亲坐在一条板凳上，也是父亲第一次喊我坐到他的身边，与他坐同一条板凳。

家里没有椅子，只有板凳，长条板凳，还有几张小板凳。小板凳是母亲和我们几个孩子坐的，父亲从不和母亲坐一条板凳，也从不和我们这些孩子坐一条板凳。家里来了人，客人或者同村的男人，父亲会起身往边上挪一挪，示意来客坐下，坐在他身边，而不是让他们坐另一条板凳，边上其实是有另外的板凳的。让来客和自己坐同一条板凳，不但父亲是这样，村里的其他男人也是这样。让一个人坐在另一条板凳上，就见外了。据说村里有个男人走亲戚，就因为亲戚没和他坐一条板凳，没谈几句就起身离去了。他觉得亲戚明显是看不起他。

第一次坐在父亲身边，其实挺别扭。坐了一会儿，我就找了个借口起身走开了。

不过，从那以后，只要我们父子一起坐下来，父亲就会让我坐在他身边。如果是我先坐在板凳上，他就会主动坐到我身边，而我也会像父亲那样，往一边挪一挪。

工作之后，我学会了抽烟。有一次回家，与父亲坐在板凳上闲聊，父亲掏出烟，自己点了一根。忽然想起了什么，犹豫了一会儿，把烟盒递到我面前说，你也抽一根吧。那是父亲第一次递烟给我，父子俩坐在同一条板凳上，闷头抽烟。烟雾从板凳的两端漂浮起来，有时候会在空中纠合在一起，而坐在板凳上的两个男人却很少说话。与大多数农村长大的男孩子一样，我和父亲的沟通很少，我们都缺少这个能力。在城里生活很多年后，每次看到城里的父子俩在一起亲热打闹，我都羡慕得不得了。在我长大成人之后，我和父亲最多的交流就是坐在同一条板凳上，默默无语。坐在同一条板凳上，与其说是一种沟通，不如说更像是一种仪式。

父亲并非沉默讷言的人。年轻时，他当过兵，回乡之后当了很多年的村干部，算是村里见多识广的人了。村民有矛盾了，都会请父亲调解，主持公道。双方各自坐一条板凳，父亲则坐在他们对面，听他们诉说，再给他们评理。调和得差不多了，父亲就指指自己的左右，对双方说，你们都坐过来嘛。如果三个男人都坐在一条板凳上了，疙瘩也就解开了，母亲就会适时走过来喊他们吃饭喝酒。

结婚之后，有一次回乡过年，与妻子闹了矛盾。妻子气鼓鼓地坐在一条板凳上，我闷闷不乐地坐在另一条板凳上，父亲坐在对面，母亲惴惴不安地站在父亲身后。父亲严厉地把我训骂了一通，训完了，父亲恶狠狠地对我说："坐过来！"又轻声对妻子说："你也坐过来吧。"我坐在了父亲左边，妻子扭扭捏捏地坐在了父亲右边。父亲从不和女人坐一条板凳的，哪怕是我的母亲和姐妹。那是唯一一次，我和妻子同时与父亲坐在同一条板凳上。

在城里终于有了自己的房子，我请父母进城住几天。客厅小，只放了一对小沙发。下班回家，我一屁股坐在沙发上，指着另一只沙发对父亲说："您坐吧。"父亲走到沙发边，犹疑了一下，又走到我身边，坐了下来，转身对母亲说："你也过来坐一坐嘛。"沙发太小，两个人坐在一起很挤，也很别扭，我干脆坐在了沙发帮上。父亲扭头看看我，忽然站了起来，这玩意太软了，坐着不舒服。只住了一晚，父亲就执意和母亲一起回乡去了，说田里还有很多农活儿。可父母明明答应这次是要住几天的啊，后来还是妻子的话提醒了我，一定是我哪儿做得不好，伤了父亲。难道是因为我没有和父亲坐在一起吗？不是我不情愿，真的是沙发太小了啊。我的心隐隐地痛。后来有了大房子，也买了三人坐的长沙发，可是，父亲却再也没有机会来了。

父亲健在的那些年，每次回乡，我都会主动坐到他身边，和他坐在同一条板凳上。父亲依旧很少说话，只是侧身听我讲。他对我的工作特别感兴趣，无论我当初在政府机关工作，还是后来调到报社上班，他都听得津津有味，虽然对我的工作内容，他基本上一点儿也不了解。有一次，是我升职之后不久，我回家报喜，和父亲坐在板凳上，年轻气盛的我一脸踌躇满志。父亲显然也很高兴，一边抽着烟，一边听我滔滔不绝。正当我讲到兴致勃勃时，父亲突然站了起来，板凳一下子失去了平衡，翘了起来，我一个趔趄，差一点儿和板凳一起摔倒。父亲一把扶住我，你要坐稳喽。不知道是刚才的惊吓还是父亲的话，让我猛然清醒。这些年，虽然换过很多单位，也当过一些部门的小领导，但我一直恪守本分，得益于父亲给我上的那无声一课。

父亲已经不在了，我再也没机会和父亲坐在一条板凳上了。每次回家，坐在板凳上，我都会往边上挪一挪，留出一个空位，我觉得，父亲还坐在我身边。我们父子俩还像以往一样，不怎么说话，只是安静地坐着，坐在陈旧而弥香的板凳上，任时光穿梭。

清 喜

那人间众多的清喜，如小蛇一样游在混沌
的日子里，你有时抓得到，有时抓不到——
只要你用心，就能抓到。

◎雪小禅

少时读"雪夜访戴"的故事：王羲之的儿子雪夜去看一位姓戴
的朋友，只是想去，只是心血来潮。到了朋友家门前却转身返回——
看来，清喜的过程就在雪夜，在月光下的这一路。

后来读日本女作家清少纳言的文字，总有这种清清的喜欢，人
生自是有清欢，一点儿也不厚重。午夜醒来，听到小昆虫在叫。夏
天的午后，一碗紫色的桑葚盛在冰蓝色的碗里……小喜可欢。

看民国课本，有这样的句子："几上，有针，有线，有尺，有
剪刀，我母亲，坐几前，取针穿线，为我缝衣。"看后心里安静喜
悦。那《开明国文讲义》，分明有着最清喜的动容之处。有的时候，
文字越是清浅，越是让人感觉贞静。就像人生，删繁就简之后，大
概就是想和自己一辈子都没有倦的那个人煮煮饭，看看书，聊聊天，
喝喝茶，唱唱戏……再没有惊天动地，或者相互给对方染染头发，
叫一声老伴……怎么就老了呢？

人生有多少大事呢？多数时候是这种小清欢吧。四季便是人生的衬托，冬天总是那么长，可是为了等待春天那短暂的盛开，就心甘情愿地等待着。一任苦寒，可是在这苦寒里，得寻那半杯冰雪泡茶，赏那青梅独自开。

喜欢在风中散步。走得很快，可以听得到风掠过耳际。"不是我，而是风。"在幽微的暗里，找寻那星星点点的光芒。

满城桂花香时，心里贪婪得不行，可是知道很快就会过去。

四月梨花赴死一样盛开时，堆在一起像尸……还有樱花，还有杏花。心情是一样的素淡。

更喜欢一些布衣了。粗糙的，半丝华丽也没有。亦少脂粉黛，素面布鞋蹲在花前发呆。蔷薇开得热烈时亦有悲情，可是，很快就过去。

放着老录音，听余叔岩的《鱼肠剑》。做一碗面——放些香菇、西红柿、西蓝花，红绿夹缠，分外动人。生活本身比艺术高很多，最美的艺术是生活。

亦逛菜市场，那卖周黑鸭的总用武汉话嚷着："又辣又香。"东北开花大馒头，手工的馒头有着动人的香。那卖馒头的女人说："手工的东西才好吃。"她鬓上总插一朵花，人不美，自称"馒头西施"。据说"周黑鸭"在追求她，她寡居了多年，但依然爱美爱戴花。

卖肉的小马，天津人，说话急了就像说相声。人高马大的女子，把排骨剁得啪啪响……有一天看到她坐在摊儿前看《小说月报》，那神情颇专注。她是自己的观音，无视这菜市场的脏乱差，但这"脏乱差"里有一种难得的从容和日常。生活最美的是日常，日常被打断，清喜就被打断。

　　偶尔去唱戏，依然没有天分。张嘴就和乐队说："我唱降E。"裴先生唱正工调，六十七岁了还唱这样高的调门，每次听她唱《十三郎》都呆过去。她也穿布衣，宽袍大袖不似她那个年龄，亦不用化妆品，一个冬天只穿一双红袜子，我笑她袜子好玩，她索性脱下来给我看，脚心三个字："踩小人。"两个人孩子似的笑翻。她真了一辈子，那天说："真最难，也最好。最难的东西，当然最好。"

　　过了文艺的年龄，更喜欢脚踏实地。拎着一捆惊红骇绿的菜回来，细细地择。那日遇到一女琴师，看她一个个把小饺子捏成小鸽子，就更喜她——如若她只会拉琴不会生活，不会让我喜成这样。

　　早春的时候，蹲在路边看人。

　　爱看少年。因为少，所以干净。

　　那男孩儿们骑车飞奔着，黑头发亮得铿烈。女孩儿们早早穿了丝袜和短裤，背着军绿的大背包，站在街头抽烟——那抽烟的姿势便是电影镜头，让人艳羡不已。

　　老人们则还穿着冬天的棉衣，厚而臃肿，坐在太阳下发呆，脸上一丝表情没有。不动声色亦是美的，烈有烈的美，静有静的美。送快递的小董来了，仍然是那辆电动三轮车，楼下嚷着："雪小禅，拿快递。"

　　披头散发穿着拖鞋和睡裤下去，有小区的人问我："你是雪小禅？我连忙摇头，不是不是不是。"快递送来的是我朋友亲手设计的项链，古瓷，上面一朵暗暗的莲花——只要懂，什么都是对的。

　　那人间众多的清喜，如小蛇一样游在混沌的日子里，你有时抓得到，有时抓不到——只要你用心，就能抓到。你知道的，人世间日子九成以上是无聊的，这一成的小清喜，就是用来点缀这生活的，然后我们生生不息，一直过下去，过下去……

回家是对心灵的修补

静静地坐在院子里，我喜欢大口大口地呼吸夹杂着田园色彩的气息，仿佛心中有一股暖流在静静流淌。

◎闫 涛

离别家乡已经很多个日子了，今天我终于踏上了家乡的土地，心中写满了无限的喜悦。离家门还有一段距离，我就看到母亲早已等候在了门口，那一刻，我的心中有一股暖流在暗暗涌动。母亲总是守候在家门口等待儿子的归来。清楚地记得，上高中时，我每天都很晚放学，而母亲每天都会站在门口等待我的归来，每次都让我感到一阵温暖，最后，这些温暖永远留在了我的心中并转化成了我奋进的动力。而在我离开家乡的日子里，母亲也一定会无数次地站在门口焦急地盼望，可是每次又都会很失望。今天，母亲终于盼回了离家的孩子。

母亲早已经准备好了一桌丰盛的晚餐，望着桌上五颜六色的菜肴，我才意识到自己真的到家了。我知道母亲一定忙活了很长时间，每一道菜都是母亲精心做的，那其中凝结了浓浓的母爱。母亲知道我最喜欢吃家乡的菜，可是在那些离家的日子里，家乡的饭菜对我来说总是那么遥不可及。很多时候，它只是出现在我的文字中，而没有真正地走近我。

尽管饭菜中没有大鱼大肉，可是那散发着淡淡清香的蔬菜却能读懂我的内心，它仿佛是一处与世隔绝的田园，让我的眼界顿时开阔了不少，那一清二白的色调仿佛正向我诠释着做人的信条与准则。一种久违的感觉顿时袭上我的心头，小时候，每天都是这样的饭菜，尽管很清淡可是却造就了我的性格，以至于在我芜杂的尘世常常难以适应。然而，我冥冥中苦苦追寻的又是什么呢？不就是这样一处最干净而又最淳朴的境地吗？

走在洒满星空的夜色中，我想用双脚来丈量那些离家的路程，夜色始终是那样迷人，它曾经撩拨了我无数童年的梦幻，如今又把我带进中年的门槛。静静地坐在院子里，我喜欢大口大口地呼吸夹杂着田园色彩的气息，仿佛心中有一股暖流在静静流淌。我喜欢家乡的气息，那是一种久违了的感觉，在这里我可以放慢行走的脚步，可以忘记所有的忧愁，更可以很放肆地让心扉毫无保留地敞开。

我总是期待着有一天能够去远方编织自己美丽的梦幻，可是如今在我离开家乡到了远方之后，突然又感到很茫然，我努力所追寻的不就是这种纯朴的田园生活吗？在这里，远离了尘世的喧嚣与杂乱，身心得以彻底的放松与陶醉，对于我来说，这不是一生中最理想的选择与归宿吗？

葫芦夫妇

岁月沧桑，老人已去，门外的葫芦依旧乱
滚乱爬，爱仍在延续。

一袭山峦为屏，两条小溪缠绕，几间农家茅舍错落其间。恬淡
闲适深处，青砖红瓦的农家小院如鹤立鸡群，院前一片闲置的平地，
三五个柴垛，四五棵葫芦缠满柴垛的腰身，茂盛的枝丫间，一个个
浑圆饱满的葫芦卧在柴垛的怀里。古色古香的木门前，慈祥满脸的
老太太，颤巍巍踩着板凳在向一个个葫芦下塞上些柔软的柴草，像
是给婴儿垫上温暖干燥的尿布。

秋阳微暖，天空湛蓝，云朵团团，银发长须的老爷爷手托旱烟
袋，憨憨的笑意随袅娜的烟圈徐徐上升。不知看着老太太在笑还是
看着葫芦在笑，那笑里，甚至有一丝暖暖的暧昧。

这就是小山村的葫芦夫妇，村里人喜欢叫他们葫芦爷爷葫芦奶
奶。葫芦夫妇家的角角落落里都是葫芦，葫芦是这个家的主角，只
要不是大雪封地，他们的屋顶上就滚满葫芦，就连屋檐下也挂着一
串串葫芦开出的瓢。没有人知道老人为何对葫芦如此钟爱，有人猜
测是为了卖钱，却不见有谁带着葫芦瓢去叫卖，何况，随着现代化

生活用具的发展，没有几家再用笨拙的瓢舀水，只有少数的老年人喜欢用它淘米用。若是亲戚邻居开口要个葫芦开瓢用，老人便会毫不吝啬地送上两个开好晒干的瓢，并不会收取分文。只是从不送人葫芦，这让村人充满好奇的猜想。

每年开春，老太太挑选出饱满的葫芦种子埋在湿沙里，上面插上柔韧的柳条，盖上塑料薄膜。不几天，一棵棵肥硕的葫芦苗破土而出，老人满脸的菊花悄悄绽放，像是看见了一个个胖胖的葫芦娃娃在向她招手。等天气渐渐暖和，葫芦苗也硬朗起来，撤掉塑料布，在暖阳下的春风里硬棒几天，葫芦苗便昂首挺胸地开始疯长了。这时，老太太会连根部的泥疙瘩一起栽到门前的墙根下、柴垛旁、园子里，甚至破瓦罐里。

春风的抚摩，春雨的滋润，葫芦扯开身子越爬越高，不几天就开出一朵朵洁白的小花，结出一个个圆圆的、毛茸茸的葫芦娃娃了。老人踮着小脚每天围着葫芦转圈儿，捉虫，浇水，除草，剪掉畸形的葫芦。在老人的精心照料下，葫芦一个个长得又大又圆，有的卧在柴垛上，有的滚在屋顶上，有的干脆挂在墙的半空，舒服地躺在用绳索拴着的破布里——老人给葫芦做的简易的窝，这一个个浑圆丰满的葫芦，成为小村中一道靓丽的风景。

秋风起，秋意浓，老人拔下发髻上的缝衣针，挨个葫芦扎一针：好，每个葫芦都已成熟，针都扎不动了，老人咧嘴笑了，露出光秃秃的牙龈。两位老人齐心合力把葫芦一个个摘下放进院子里，在外面不起眼儿的葫芦，堆起来竟也似一座小山。这就是两位老人一冬的活计。

斗转星移，岁月蹒跚，转眼秋去冬来，地里的农活儿已干完，两位老人把滚圆的葫芦用锯锯开，先留足种子，然后把锯开的葫芦放进大铁锅里煮，掏出煮好后的葫芦肉放进清水里漂洗。葫芦爷爷把葫芦瓢刮皮晾晒，有人要就送人，没人要去集市上卖掉，老人从不讲价钱，给钱就行。

葫芦奶奶把葫芦肉里的一粒粒种子捏出来，漂洗干净后放到簸箕里晾晒。早些年生活拮据时，人们也吃这煮熟的葫芦肉，而现在，老人都把一锅锅的葫芦肉喂了猪狗。老人稀罕的是这一粒粒饱满的种子，因为城里的儿子爱吃，孙子也爱吃，这葫芦籽儿便成了老人心中的最爱。看着簸箕里的葫芦种子越来越丰盈，葫芦奶奶的脸上露出暖暖的笑容，仿佛看见儿子一家和和美美地围着桌子吃葫芦籽，温情而欢愉。而老两口从不在外面说出种葫芦的缘由，他们怕儿子心里有压力，邻居们知道了会笑话儿子啃老。

光阴似箭，日月如梭，转眼孙子上初中了，从儿子嘴里得知孙子学习很紧张，没有时间嗑葫芦籽儿了，细心的葫芦奶奶找来一把小钳子，把炒好的葫芦籽儿一粒粒钳开，嗑掉皮，把葫芦籽仁放进饭盒里，等嗑满一盒，再让儿子捎给孙子吃，任儿子媳妇怎么劝说都不听。

寒来暑往，岁岁年年，老人搓捻着温婉的岁月，她清楚地知道，自己手中的岁月越来越少，她不得不晚上加班嗑葫芦籽儿，昏黄的灯光下，常常有一个瘦小干瘪的身影在专心地嗑着肥腴饱满的葫芦籽儿。

春天的一个黄昏里，葫芦奶奶静静地离去，没有任何征兆，走得寂静安详，手里依然握着嗑葫芦籽儿的小钳子。

处理好葫芦奶奶的丧事，葫芦爷爷找出了小钳子，没嗑几个，葫芦爷爷的手累得抽了筋儿。此时，葫芦爷爷泪如雨下，这个倔强的老太婆，嗑一盒子葫芦籽儿得费多大的劲啊！原来嗑一个葫芦籽儿需要这么大的气力！是什么力量支撑了这么久，这就是爱啊！

岁月沧桑，老人已去，门外的葫芦依旧乱滚乱爬，爱仍在延续。

爱的角色换位

如今，父母腿脚渐重，很少进城。我便揣摩他们当年赶集的心，为他们送上晚年的生活所需。

回家，母亲照旧做了我最爱吃的手擀面，诱人的香气从泛亮的油花上飘腾开去。忍不住！一端上桌便伸长筷子，吸溜吸溜地一阵儿狂吃。母亲乐得合不拢嘴："瞧，还是那猴样儿！"我嘴里塞满，含糊回应："嗯，还是那个味儿！"

忽地，筷子挑到了碗底的荷包蛋，两个。趁母亲忙，偷偷挑了母亲的碗，没有。心里不由酸楚，虽然鸡蛋已不再稀罕，可母亲照样视为佳肴，专门留给我这老儿子。小时候，每当我夹着嫩黄的鸡蛋给母亲，她都会怜惜地说："娘不爱吃，你吃。"瞅着我吃完，微笑着拍拍我的头。

而今，母亲年近七旬，我已为人父，可母亲爱我的方式依然朴素、无言。望着荷包蛋，我喉头一紧，张不开嘴，低头夹到了母亲碗里。母亲还是那句："娘不爱吃，你吃。"我不敢看她的脸，边挑面边说："天天吃鸡蛋，我不爱吃，你吃。"母亲顿了一下："我

254

儿生活好了，娘吃，娘吃。"我用眼角余光瞄着母亲一口口吃完，如同在咀嚼岁月的甘苦和幸福，我不禁泪满眼眶。

那顿饭，我吃得很认真。每遇母亲特意准备的菜，我便有意地少吃，多剩些留给爸妈。我知道，父母勤俭惯了，只有我回家才会准备得如此丰盛。父母指着满桌的剩菜，嗔怪："就吃那么一点儿哪行，再吃点！"我笑答："吃饱了，都吃撑了。"既而顽皮地拍拍肚子，父母乐了："这又得让我们吃好几顿。"我暗自偷乐：当年你们也是这么"骗"我多吃的嘛！

父母渐老，已然羸弱，似乎对我更多了几分依恋、依赖。让我感觉应该多爱他们一些，一如当年他们爱我一样。

每次回家，我都会挑选父母最可心的东西带上。父母牙齿或落或活，我便会买些蛋糕、香蕉、豆腐之类的软乎食品；父母小恙不断，头疼脑热、腰酸腿疼是常事，我便会买些感冒冲剂、追风膏等常备药物；父亲钟爱戏曲，我便会挑拣各种地方戏光盘，让他在家过足戏瘾。

每次到家门口，父母都会迎出来，喜悦地接过我手中的大包小包。一时让我想起儿时，父母进城赶集，都会买回我最爱吃的烧饼、麻花，最想要的小人书、文具盒，我也会早早地迎着他们。如今，父母腿脚渐重，很少进城。我便揣摩他们当年赶集的心，为他们送上晚年的生活所需。

那次，母亲打电话偷偷告诉我：你爹脚崴了，肿得老高，痛得厉害，你抽空带他到医院看看吧。我请假回家，父亲一个劲儿说："没事，休息几天就好了，耽误这闲工夫干吗？"瘦小的父亲坐在摩托车上，异常紧张。我关切地说："没事，我骑慢点，你死死地拽好我的衣服。"这情景，一如当年坐在父亲身后搂紧他腰的那个我。

医生检查后说，需要输液消肿。父亲明显神色慌张，凑到我身边悄声说："输液疼不？我一辈子没输过。"我像父亲当年哄我打针一样，轻声说："没事，就扎那一下疼，像蚊子咬一口。"说完，我便乐了，父亲也乐。我坐在床边，给父亲削苹果、剥香蕉，递到他手上，父亲开心得像儿时的我。输完液，搀父亲去吃面，他又是紧紧拽着我的衣襟，不时慌乱躲避急驶的汽车。我握紧他的手，安慰他说："没事，跟紧我。"

"老换小。"猛地感觉，他们变成了我，我已成了他们。会不停地叮嘱父母注意身体，吃好睡好；会不断地通通电话，询问父母是否安好；会全力挣钱攒钱，保障父母的晚年健康；会编个谎话，告诉父母一切顺利，不必操心……角色未变，但爱却明显换位。我暗自向父母保证：儿会用当年您爱我的方式爱您，甚至更多。

父母的时间表

我想，每个父母心里都有一个特别的钟表。
这个钟表，用奉献做壳，用爱做指针。
它为我们走过的每一分每一秒，都是爱
在跳跃！

◎汤小小

中午打电话给父母，告诉他们，晚上六点我乘坐的火车会准时到站。母亲在电话里惊呼："也不早点儿说，我要买你最爱吃的菜，还要给你打扫房间，也不知道来不来得及。"

火车晚点，不过还好，只晚了十分钟，多听一两首歌的工夫。走出车站，一眼就看见父亲站在寒风里，正焦急地盯着走出来的每个人。看见我，他一个箭步冲过来，一边抢过我手中并不沉重的包，一边不满地嘀咕："都晚了十分钟了，还以为出啥事了呢，把我急坏了！"

一路上，父亲一直在念叨这十分钟，为这十分钟愤愤不平，不知道的，还以为他日理万机，十分钟能干出经天纬地的大事来，其实，他一天光晒太阳就不知道要浪费多少个十分钟。

回到家，母亲一边忙着从厨房里端菜，一边大声嚷："怎么那么晚啊！我还以为出啥事了，急得我坐立不安，跑出去看了好几次！"

不过区区十分钟，在父母看来，居然比十个小时还要漫长。这十分钟里，他们从满怀期待到失落，到担心，到害怕，每一种情绪，都像鞭子一样，狠狠地抽打着他们的心。

在家待了足足半个月，母亲每天变着花样做各种美食，父亲则成了采购员，只要我想要什么，他立即跑出去买回来。母亲不打麻将了，父亲也不到老年活动室打球了，每天净围着我转。

临走时，行李包增加到了三个，每个都塞得满满的。忙完这些，母亲擦擦额头上的汗，轻轻地叹气："时间怎么这么短啊，你又要走了！"

父亲也在一旁附和："是啊，这一走，又得好长时间！"

十分钟的等待，他们嫌太长，半个月的相聚，他们又嫌太短。

这样的情景，总是时常上演。

那年高考，从考场里出来，母亲一边递上水，一边长舒一口气："终于出来了，时间真长啊，站得我两腿发软！"而当高考结束，我背起行囊准备奔赴大学时，她又有些失落地感叹："时间真快啊，不知不觉，你都高中毕业了！"整个高三，三百多个日夜，她忙着给我做营养餐，帮我买各种资料，比我还要忙还要累还要紧张，在她看来，却比区区的一场考试短暂。

每年开学，父亲都要陪我去学校报名，从幼儿园到大学，从未缺席。每次，在排成长龙的报名队伍里，父亲总是焦急地搓着手，不停地引颈张望，并不满地嘀咕："怎么还没轮到我们啊，都等那么久了，不知道今天报不报得上！"其实，他等待的时间从来不会长过一个小时。而当我大学毕业，终于不用再报名时，他又有些伤感地感慨："唉，一眨眼，你都长成大人了，真快啊。"二十多年的漫长岁月，他时刻为我操心，每天为我劳累，弯了腰身，白了黑发，居然还觉得，这时间比报名时的那会儿等待要短暂得多。

在父母那里，时间总是显得如此不合理，与世界上所有最精确的钟表背道而驰。等待儿女的时间，为儿女争取利益的时间，他们总是觉得太长太长，每一分每一秒都是煎熬。和儿女相聚的时间，照顾儿女的时间，他们又总是觉得太短太短，一年不过一眨眼。

我想，每个父母心里都有一个特别的钟表。这个钟表，用奉献做壳，用爱做指针。它为我们走过的每一分每一秒，都是爱在跳跃！

时光里的母亲树

母亲是一棵站在时光里的树，这样想着，
我的情感、我的眼睛就如沐了早春气息的
泥土，润泽起来。

◎沐　恩

　　用一棵站在时光里的树去形容我的母亲，是最适合不过的。母亲是一棵站在时光里的树，这样想着，我的情感、我的眼睛就如沐了早春气息的泥土，润泽起来。

　　幼时，与小小的我相比，母亲自然是我眼中一棵高大的树，我需要仰着头看，也需要躲在她的枝叶下避风避雨，躲避炙热的日光与被风扬起的灰尘。母亲并非饱读诗书之人，也并非大富大贵之家的小姐，但是聪慧、美丽、坚强，这些美德与品质，格外恩赐地聚拢在母亲的身上。她是一位好母亲，在每一个刮风下雨的日子，她都会带着雨伞接我放学回家，一手打伞，一手搂着我的肩膀；她会在乡村夕阳的暮色中，满村子地唤我回家吃饭；会在我买不起漂亮裙子的时候，用压箱底的花布给我做漂亮的裙子；会在日子艰难的时候，变戏法似的做出可口的佳肴。

　　我还记得，那时的母亲是一棵开满了花的树，圆润而丰满，将生活调理得活色生香。春天的时候买不起风筝，母亲就找来彩纸和竹丝给我做。母亲做的风筝特别顺合风的意，在故乡的田野上高高飘飞；没有娱乐设施，母亲就找远方的亲戚给我借来各种图画书，夜晚的灯光下，一页一页讲给我听，声音动听清澈。那时，有这样一位母亲，枝叶繁茂，花朵满树，我是幸福的。我就像一只鸟儿，幸福无忧地在母亲这棵大树的空间里盘绕飞翔，一日日长满羽翼。

就像所有的树苗都要长大一样，我在时光的行走中逐渐长大，大到可以用我的枝叶去呵护另一棵幼小的树苗。

当我结婚，生下儿子，我的角色转变了。幼小的儿子把我当成一棵树。走在街上，他的小手紧紧拉着我说，妈妈我怕丢；当天黑的时候，他钻进我的怀里说，妈妈我怕黑夜；当要出门的时候，他抱着我的腿说，妈妈别丢下我。他稚嫩的声音如一根琴弦在我心的琴架上轻轻拨动。这种依赖性的拨动，早已引起了我的那颗作为母亲的心的颤动。此时，我忘记了我娇小的身躯，还很年轻的年纪，也早已忘记了我是父母枝叶下的鸟儿；而瞬间就变成了儿子的一棵大树，大到我有足够的能力与勇气来为儿子遮风挡雨，驱赶黑暗与胆怯。

而这时，我也猛然发现，母亲这棵树老了。不再有饱满新鲜的汁液，不再有繁茂的叶与花，甚至她的高度也因为水分的丧失有些许的萎缩。

那是春日的时候，母亲生日，我牵着儿子回家为母亲祝寿。当稚嫩的儿子和母亲站在一起，一个是人面桃花，一个是华发苍苍，甚至儿子拔高的身子也与母亲的高度相差不多。儿子和母亲嬉闹着，他疯也似的跑，母亲脚步蹒跚四处追赶他，虽是很慢的速度，也累得气喘吁吁。我看着看着，突然一阵酸楚从心底涌上来，眼泪盈眶。此时的情景，如同我幼时与母亲的一幕幕的重演，只是那时，我总能被母亲捉到，还能被母亲抱起，举得高高的。

而现在，这样的快乐依旧在，只是角色换成了我和儿子，母亲变成了一个旁观者。

母亲、我、儿子，我们都是一棵树。当我的这棵树从幼苗慢慢成长时，母亲的那棵树就慢慢枯萎老去；当儿子的这棵幼苗慢慢成长时，我也一点点地在岁月里老去。这种逆向的相对生长结出的是浓浓亲情，暖暖地，缓缓地，将生命一代一代传递。

在摩洛哥西部平原上，有一种树叫"母亲树"。这种树每到春天便从根上萌生许多幼苗，这些幼苗丛生在大树的周围，就像小孩儿依偎在母亲的身旁。这种树的花球凋落时，在花球的蒂托处会结出一个椭圆形的奶苞，能淌出黄褐色的汁液，在苞头的顶端生长了一个奶管。黄色的汁液由奶管向下滴落，在下面等待的幼苗纷纷用自己狭长的叶片吸吮奶汁，促使自己生长发育。等到小树长大后，大树会从根部与幼苗断裂，开始凋零自己的树叶，以便让小树充分接受阳光雨露。

我听了这个故事后，为这样的母亲树感动得流泪，更为母亲流泪。原来，每一棵叫作母亲的树，都有一种"春蚕到死丝方尽"的精神，为了抚育自己的孩子，她们不惜牺牲自己，忍受岁月带来的伤痛，用心去爱，直到这棵树不再抽芽，不再开花，在春风里化为春泥。

蓝是月亮的优雅

但是从此刻开始，直到死去，我相信我看到的月亮都会是蓝色的，清湛湛的那种蓝，水灵灵的那种蓝。那种蓝，可以洗净灵魂。

◎朱成玉

以前，总是喜欢在夜里打开窗子，看一会儿月亮。那时候看月亮，清湛湛的，水灵灵的，仿佛随时可以滴出水来。可是现在不知道为什么，看到的月亮总是灰色的。是天空不再那么洁净了吧，是浸泡于世俗里的心不再纯粹了吧，又或者是我的眼睛蒙了一层鸡毛蒜皮的烟火吧。我滴了几滴眼药水，努力眨巴眨巴眼睛，依旧无法把月亮从浑浊里捞出来。

直到听了妻子和女儿极富诗意的一次对话，我眼里的月亮才变回了最初的蓝。

"妈妈，今晚怎么没有月亮啊？"

"月亮躲到井里洗澡去了。"

"它为什么要洗澡？难道她一直都很脏吗？"

"不，因为它要把自己变得更蓝。"

"为什么要变蓝？"

"因为蓝是月亮一直在追求的优雅（女儿沉默了一会儿，她一定是被优雅这个词给绊住了）。"

"可是，为什么我看到的月亮不那么蓝（这正是我的问题）？"

"那是因为你的眼睛擦得还不够亮（令我醍醐灌顶的一句）！"

女儿似懂非懂地慢慢睡去，月光从乌云里出来了，透过窗帘的缝隙，慢慢浮上她的脸。女儿似乎感觉到了月光的痒，在睡梦里伸着小手去捉。

妻子轻轻地将孩子放下，盖好被子，慢慢俯下身，亲吻女儿的额头，那样轻，猫一般蹑手蹑脚，仿佛怕惊跑了月光。

我问她为何不把窗帘都拉上，她说："留个缝儿吧，让月光进来，你看月光多美，女儿一定会喜欢的。"

会喜欢的。在那样的月光里，女儿会看到很多美好的东西。会看到梅花鹿，听到它轻快的蹄子敲击出的乐音；会看到一颗颗小蘑菇，愉快地从地面冒出来，好奇地张望这个世界；会看到静静的湖泊，和那水面上漂着的写满祝福的小纸船；会看到微风中轻轻晃动的灯笼，把黑暗赶得远远……

那一刻，我相信，月光不仅仅浮在女儿的脸上，也定会滑进女儿的心里。"就算你拉上窗帘，月亮也在的。"我笑着对穿着蓝色丝绸睡衣的妻子说，"你也是月亮啊，看，你多么蓝！"

在妻子身上，我感觉到，慈爱，会让一个人变得多么优雅！

那一夜，我梦见一个小仙女，蓝色的精灵。她问我："喜欢月亮吗？"我说："喜欢，但是它还有点儿不够蓝呢。"小仙女就捣碎了手中的蓝浆果，用力去涂。我笑小仙女的可爱："那要涂多久才能把它涂得更蓝啊？"

"直到你爱上这个世界。"她说。

感谢这个梦，感谢梦里的小仙女。因为从梦里出来，我真的爱上了这个世界。

而在此之前，我曾一度对这个世界感到失望，因为白天里的钩心斗角、尔虞我诈让我身心俱疲，无法独善其身，仿佛涌进一个旋涡，只能不停地跟着俗念随波逐流。但是从此刻开始，直到死去，我相信我看到的月亮都会是蓝色的，清湛湛的那种蓝，水灵灵的那种蓝。

那种蓝，可以洗净灵魂。

回想那个奇妙的梦，回想那个小仙女，我惊讶地发现，她一会儿变成女儿的脸，一会儿又变成了妻子的脸。

回　报

神仙感激万分，一再强调等他恢复了法力，
一定要满足年轻人的一个愿望来做回报。

◎白沙地

　　一位神仙来到人间，不知为何失去了法力。他一时惊慌失措，一不小心又掉进一深坑里，半天也没有爬上来，结果被一年轻人救了上来。神仙感激万分，一再强调等他恢复了法力，一定要满足年轻人的一个愿望来做回报。

　　神仙一恢复法力，就找到了年轻人："请您说出一个愿望吧！"

　　年轻人很难为情地说："一件小事不值当这样，谁见了都会伸出手拉一把的，算了。"

　　神仙紧锁双眉，有些生气地说："我们神仙也是有原则的，今天你必须说出一个愿望，否则……"

　　年轻人无奈地摇了摇头，沉思了半天竟然没有说出一个字。

　　神仙眨了眨眼睛，突然定住神，露出一丝笑容说："钱！您说想要多少？"

　　年轻人低垂着眼帘，轻轻地摆了摆手，没有任何回答。

　　神仙喘了口粗气，拍了拍脑袋说："当官，您说您想当什么领导吧？"

年轻人指了指自己的鼻子，笑了笑，又轻轻地摆了摆手，依然没有说一句话。

神仙原地转了两圈说："您不可能没有一个愿望吧！您要是不说，我就成天跟着您。"

年轻人摸了两下脸，打量了一下自己说："那就把我变得胖一点儿、白一点儿吧。"

神仙张着嘴，瞪着年轻人，耸了耸双肩，摊开双手说："您的愿望怎么会是这个呢？"

年轻人放松了一下表情说："每年打工回家，老娘看到我又黑又瘦的样子，以为我在外面受苦受累受折磨，总是躲起来偷偷叹息掉泪。如果我变得又白又胖，她老人家一定不会再为我担心了。"

在

"在"如一曲动人的歌，余音缭绕，涤荡
了凡尘；仿佛一盏明净的灯，照亮了人间
的每个暗角；宛若一缕袅袅的清香，扩散
开来，弥漫了整个世界。

◎史芸华

夜，静悄悄的，连空气也似乎凝固。我的心在这沉淀的氛围里
慢慢冷却。QQ上不经意地一问："在不在？"没想到她的头像瞬
间清晰起来，跳跃着"在"。一个字，一句话，一声肯定的存在，
如一股暖流融化了寒夜里的冰霜，悄悄浸润心底的荒芜。"在"，
无须多言，已然是温暖，是拥有。

半夜醒来，那声"在"，在脑海久久盘旋……

放假了，我在家悠闲地看着电视。一声刺耳的电话铃声急匆
匆穿过房门，传进我的耳朵。"小兰出车祸了！"好友的声音急
切焦灼。"啊？"我惊得不敢相信。小兰是我多年的好友，我一
个电话一个电话拨过去，小兰的手机却始终无法接通。后来，
终于通了，小兰慵懒的声音传来："我在家呢，没事。"谢天
谢地，原来小兰有惊无险，我的心终于落了地。长大后，"在"

是平安，是牵挂。

后来，喜欢看相亲节目《非诚勿扰》，尤其喜欢女嘉宾的一句话：“我来了，你在哪儿？”这是人们对爱情的憧憬和向往。一声“在”是寻找和渴盼。

走进市中心医院，层层的楼梯，排排的房门，我如坠迷宫。去哪儿查，到哪儿就诊。路痴的我疾步穿行，“这是哪儿跟哪儿啊！”我不禁感叹。“有我在，你跟着我就行。”老公的声音穿透窒闷的空气，他回头冲我温和地一笑，然后大步向前，眼神不断地搜索。那坚实宽阔的后背，在我眼前像山一样矗立。哦，有老公在呢。结婚后，“在”延伸为责任和担当。

当我成了母亲，静谧的夜，听得见孩子均匀的呼吸。突然一声狗叫，打破了夜的沉寂。孩子在睡梦中打了一个激灵，刚要咧嘴。我用手拍拍孩子的后背，嘴凑到孩子的耳畔，轻轻地说：“妈妈在呢。”孩子转过身来，对着我又香甜地睡去。这一声“在”是安静，是依赖……

儿子五岁了。一天，我骑车带儿子买了许多东西，车篮里都已装满，还有一个袋子放不下。我叹了口气，将袋子重重地放在地上。“妈妈，有我在，我能拿！”说着，儿子粉嫩的小手伸过来，提起了地上的袋子。“太沉了，我拿着。”我赶紧阻拦。“不，我行！”儿子噘起小嘴，挺直脊背，将袋子紧紧攥在手中。

时光轮回，“在”虽还稚嫩，却是感恩，是回报……

将记忆收起，天已蒙蒙亮，不知不觉，“在”已挂于眼角。

如今，“在”一如从前，不断延续。即使网络，“在”依然穿过无形的线，款款走来。在我的身边，是朴素真挚的情谊。"在"还在延伸，在游走。"在"如一曲动人的歌，余音缭绕，涤荡了凡尘；仿佛一盏明净的灯，照亮了人间的每个暗角；宛若一缕袅袅的清香，扩散开来，弥漫了整个世界。一声"在"，连起了你、我、他（她），牵动了一个大家庭彼此关爱，相互体贴。

　　无论过往、现在、将来，只要"在"，就一定是温暖、幸福的存在。